たっぷり長尾の口腔内を舌で掻き回して、息を切らしながら顔を上げると、
長尾が嵯峨の腰を両手でつかんだ。
「舐めて……いい？」

千《せん》両《りょう》箱《ばこ》で眠《ねむ》る君《きみ》

バーバラ片《かた》桐《ぎり》
ILLUSTRATION：周防佑未《すおうゆうみ》

千両箱で眠る君

LYNX ROMANCE

CONTENTS

千両箱で眠る君

さいたま新都心駅前の合同庁舎の一号館に、関東財務局はある。
財務局とはその地方において、財務省の業務を総合的に行う出先機関だ。
その会議室にて、今日は国有財産の売却の説明会が行われていた。

「えー。お忙しいところ、お集まりいただきまして、ありがとうございます。ただいまから、ベイサイドプロジェクト跡地の売却につきまして、入札手法等の説明会を開始いたします」

関東財務局に勤務する長《なが》尾《お》浩《こう》一《いち》は、そう言いながら会議室内にみっしりと集まった人々を見回した。

財務局に採用されてから、六年が経《た》つ。そろそろ職場では、一人前とされる年齢だ。

広い会議室は、説明会に来た人々で八割方埋まっていた。あわよくば市価よりも安値で売り出される国有地を競り落とそうとする人々の欲望が、ギラギラと伝わってくる。

「では、管財二部審理第二課長より、今回採用いたします、二段階競争入札の説明と、今後のスケジュールや手続きの流れについて、説明させていただきます」

司会をしていた長尾は、上司にマイクを手渡して、軽く息をついた。

長尾はいかにも公務員といった風貌《ふうぼう》だ。紺色のシングルスーツに、同色の地味なネクタイ。中肉中背であり、顔立ちも凡庸。性格的にも、自己主張はさほど強くはない。冒険を好まず、死ぬまで安定した職につきたいタイプだ。そんな長尾にとって、公務員は天職といえた。

だが、国有地を狙《ねら》って不動産ディベロッパーが暗躍する財務局は、思っていたよりも安定した職場ではなかった。

長尾は油断なく参加者を見回す。

見かけだけはカタギっぽいが、今日の参加者にはしたたかな商売人が混じっている。競売となれば占有権を主張して居座るヤクザと渡り合うこともある職業であり、カタギとまでは言い切れない不動産業者が交じっている場合もある。

国有地の売却にあたっては、民間ディベロッパーによる虫食い開発や、利権がからんだ乱開発など、後々になって問題が起こってくることが多かった。

だからこそ、国有地の売却は慎重に行わなければならない。そのために、幾重もの防衛策が施されていた。

今回売り出されるベイサイドの国有地は、国際博覧会のために埋め立てられて開発された大規模な土地だ。その国際博覧会の終了とパビリオンの撤去を受けて、跡地が売り出されることとなる。

だが、ただ高値を出せば競り落とせるものではなく、跡地利用についていくつかの条件が定められていた。

今回採用されるのが、二段階一般競争入札と言われる方法だ。

まずは業者に『企画提案書』を提出してもらい、その審査を通じて入札できる業者をあらかじめ選定しておく。その選ばれた業者だけで、落札者を決めるといった仕組みだ。

業者の選定は有識者たちによる『審査委員会』で行われ、財務局は事務方としてサポートすることとなる。これだけで悪徳業者が完全に振り落とされるとは限らないが、後々問題になったときのために、「これだけの対策はした」と主張できるお役所的な方法だった。

――にしても、相変わらずな面々だ。

入札公告のときに二段階一般競争入札については伝えてあったのに、それでも抜け道があるとでも考えたのか、いかにも筋者らしい男たちが混じっていた。

――ええと……。

長尾は机に置かれた名簿で、さり気なくその業者をチェックしておく。他《ほか》にもヤバそうな業者はいないかと参加者の姿を順繰りに眺めていったとき、ふと片隅に座った男の姿が目に飛びこんできた。

――え……？

思わず息を呑《の》む。

知った顔だった。

高校のときの同級生に違いない。あのころからずば抜けた美貌を誇っていたが、今でも惚《ほ》れ惚《ぼ》れするような姿は変わってはいない。むしろ垢抜《あかぬ》けて、綺麗《きれい》になったようだった。

――嵯峨《さが》だ。……嵯峨がどうして、ここに。

嵯峨は会議室の長机に軽く頬杖《ほおづえ》をつき、配布された書類に視線を落としていた。

絶妙なラインを描く白い頬に、長い睫《まつげ》が影を落としている。すっきり伸びた鼻梁《びりょう》に、どこか艶《なま》めかしい唇。

身につけているのは、白のワイシャツに濃紺地のスーツだった。それに黒のネクタイをキリリと締

めて、髪を綺麗に撫《な》でつけてある。ややもすれば男装の麗人にすら見える整いすぎた顔に、メタルフレームの眼鏡《めがね》が知的なニュアンスを加えていた。

嵯峨とはほんの半年ほど机を並べたに過ぎない間柄だが、男の色気が滴るようなその美貌と、俊敏な全身から繰り出される蹴《け》りの迫力は長尾にとって忘れることができない。

嵯峨とはだいぶ距離があったが、同じ部屋にいるというだけで鼓動がドクドクと乱れてきた。自分は過去の同級生に、どうしてここまで緊張しているのだろうか。

――無理もない。嵯峨は、むちゃくちゃおっかなかった。

その端整な美貌に似合わぬ乱暴者だった。転校してたった一ヶ月で、嵯峨に逆らうものは校内にいなくなったほどだ。一人で五人の不良を締めあげたとか、うち三人は病院送りにしたとか、おそろしい噂《うわさ》が嵯峨にはつきまとっていた。事実、長尾は軽く引っぱたかれたことがあったが、脳をシェイクされたようなその打撃は、嵯峨にとっては軽くじゃれただけに過ぎなかったのだろう。

将来はさぞかし名のあるヤクザになるだろうと噂されていたその嵯峨が、どうしてここにいるのだろうか。

しかも、カタギに見える格好で。

固まっていた長尾はハッとして、手元の資料をめくった。

――ええと、……嵯峨、嵯峨充孝《みつたか》っと。

すぐに手は止まった。長尾はかすかに震える手で、その資料をつかみ取る。

『嵯峨充孝。特別養護老人ホームなどの介護・福祉施設や、保育園の運営を行っている「社会福祉法人・さの会」理事長』

——社会福祉法人…だと…？

暴力と恐怖によって高校を制圧していた嵯峨のイメージと、社会福祉法人ほど相容《あいい》れないものはない。ごく稀《まれ》に嵯峨を思い出すことはあったが、立派なヤクザとして肩で風を切って歩いている姿しか思い描けずにいたのだ。

——……カタギになってるってことなのか？

長尾は課長の説明が今、どこまで進んでいるのかを確認してから、なおも伏目がちに嵯峨を観察する。正面から視線を合わせることができないほど、今でも嵯峨はおっかない。

だが、相変わらず綺麗だ。

成熟した男としての色香を、ストイックなスーツに包みこんでいる。嵯峨ほどの美貌なら、男女ともに魅了しても不思議ではない。

この若さで社会福祉法人理事長となるなんて、かなりの苦労があったに違いない。どこかの大物に見こまれたのだろうか。理事長になったなんて、さすがは嵯峨だ。

——うん。俺は嵯峨は、いつかいっぱしの人物になるって思ってた。

資料によると、今日、嵯峨がここに現れたのは、新たな老人福祉施設を建設するための土地探しということらしい。大手不動産業者と組んで、近隣を福祉都市として再開発したいという概略を記した書類が、資料には添付されていた。

——それはとてもいい線だな。うちの都市開発計画とも合致してる。

今回の説明会を受けて、『企画提案書』をこれから三週間以内に提出してもらうことになっている。法人がキチンとしたものであるというウラが取れ、この線に沿った『企画提案書』を提出してもらえるのなら、たった五社の中に選ばれる可能性さえあった。

気になってまたその方向を向くと、視線に気づいたのか、嵯峨がふと顔を上げた。

「……っ」

ドキッと鼓動が跳ね上がる。

高校生のときから、嵯峨と顔を合わせるたびに、こんなふうに心臓が痛いほどドキドキしたものだった。

一瞬、目が合ったような気がしたが、嵯峨は完璧《かんぺき》に長尾を無視して目を伏せた。

——あれ？

拍子抜けしたが、それもそうだとすぐに納得する。

何せ長尾はどこからどう見ても平均的な容姿であり、地味だ。なかなか相手に顔を覚えてもらえないし、記憶されもしない。

それに、嵯峨は転校が多そうだった。

課長の話がまだまだ続くのを確認してから、長尾は過去のことを記憶の片隅から引っ張り出す。

あの高二のときから、すでに十年ほどが経過しているなんて、驚きだった。

三つ子の魂百までと言うが、当時から長尾は何かと地味だった。

殴られても殴り返そうとは思わず、人の良さにつけこまれて、校内の不良っぽい生徒からパシリに使われていたようなところもある。

公立高校だったから、半数の生徒が大学に進むぐらいで、それなりに荒れた生徒もいた。

高校二年の夏休みが終わったとき、転校生としてやってきたのが嵯峨だった。

一瞬、目が離せなくなるほどの整った美貌。細身だが、しっかりと筋肉のついた長身の身体《からだ》つき。

初めて嵯峨に出会ったとき、こんな綺麗な男がいるのかと思ったほどだ。他の同級生たちも見とれていたはずだ。だが、黒板の前から生徒たちを見返した嵯峨からは緊張のカケラも感じ取れず、驚くほどふてぶてしい態度で挨拶《あいさつ》した。

『嵯峨だ。……よろしく』

その容姿に似合わず、声は低くどしりと落ち着いていた。その姿と存在感に、いつもは騒がしい教室が一気に静まり返ったことを覚えている。

目立った嵯峨の歓迎会は、すぐに不良たちによって行われたようだ。だが、返り討ちにされたのは不良たちだった。長尾には何があったのかわからなかったが、五人を半殺しにしたという噂が流れたのがその翌日のことだ。

その噂を裏打ちするかのように、不良たちは校内で嵯峨の姿を見るたびに、怯《おび》えたような態度でぺこりと頭を下げるようになった。

そんな嵯峨の姿は誰《だれ》からもおっかなく思えたのか、近づこうとする生徒はいなかった。だが、嵯峨はそのことを気にかけた様子はなく、いつでも一人で平然と行動していた。

そんな嵯峨と長尾が初めて話をしたのは、嵯峨が転校してきてから一ヶ月経ったころの予備校からの帰り道のことだ。

近道をしようと通った夜の繁華街の片隅で、私服姿の嵯峨が黒スーツの筋者らしき男と、何やら話しこんでいた。

長尾だったら声をかけられただけで硬直しそうなほど、黒スーツの男の風貌はヤクザそのものだった。そんな男と、対等に話をしている嵯峨に、見とれたんだと思う。

さっさと去ればよかったのに、長く立ち止まりすぎた。そんな長尾の姿に、まずはヤクザが目を止めた。何か言ったらしく、嵯峨が振り返る。

嵯峨は一瞬、いぶかしげな顔を見せたが、すぐに納得顔になった。自分が同級生だと気づいたのだろう。

ゆっくりと近づいてきて、長尾に言った。

「何か？」

「……いや」

夢から覚めたような気分で、長尾は身じろぎした。嵯峨に用事があったわけではない。単に、その姿に見とれただけだ。

だがそのことを口に出すのははばかられて、気弱な笑みを浮かべながら言った。

「もう遅いから、早く帰りなよ」

気が利いた一言ではなかったと思う。

嵯峨は嘲《あざけ》るような笑みを浮かべて、いきなり長尾の襟元をつかんだ。

その動作の軽やかさに比べて、その手にはビックリするぐらいの力がこめられていた。制服のワイシャツをネクタイごとつかまれて軽く引き寄せられただけなのに、首が布地で締められて苦しくなる。

「帰ろうとしたんだけど、お財布、落として無くしちゃったんだ。帰りのバス代、貸してくれないかな」

「……っ」

長尾は喘《あえ》いだ。

呼吸のたびに、息が詰まっていく。本気で振り払わなければこの苦しさから逃れられないとわかっていたのに、それでも嵯峨を刺激するのが怖くて、必死で耐えていた。

「ん？　どうした？　だんだん顔色が悪くなってきたぜ」

嵯峨が長尾を嬲《なぶ》るように顔を寄せてくる。

すぐそばからのぞきこんできた嵯峨の目は、獣じみた虚無を感じさせた。こんな目をした同級生に会ったことはなかった。

ぞくっと背筋に鳥肌が立つ。そのとき、嵯峨には絶対に勝てないと、長尾は本能的に理解していた。

「わ……たす……」

長尾は痺《しび》れる手でポケットを探り、嵯峨に財布ごと差し出した。

その途端、財布を奪われて突き飛ばされた。

塊のように喉《のど》に流れこんできた空気にごほごほと咳《せき》こむ長尾の前で嵯峨は財布を開き、札だけを引き抜いて、投げ返した。

「悪いね。明日、返すから」

嵯峨はガクリと地面に膝《ひざ》をついた長尾を見下ろして、笑っていた。

もちろん、渡した金は戻ってこないと長尾にはわかっていた。だけど、不思議と悔しさは感じなかった。前回、別の不良にカツアゲされたときには、かなりの悔しさを覚えたはずなのに、それが不思議だった。

黙って見ていた黒服の男が、そのときくくっと笑い声を放った。

「何、おまえ。同級生からカツアゲか？」

「いいんだよ。こいつらは、何不自由のない生活をしてるんだから」

吐き捨てるような声にこめられたかすかな羨望《せんぼう》に、もしかしたら嵯峨の家庭は崩壊しているのではないだろうか、と考えた記憶が残っている。

そうでなければ、息子が夜な夜な繁華街で遊ぶのを許すはずがない。それに、嵯峨の目から感じた、野良犬じみた空虚さ。将来への展望や希望などはなく、絶望を感じさせるほどのものだったことにショックを受けた。

――何で、嵯峨はあんな目をしてるんだろう。

自分と同じ歳《とし》だというのに、人生に絶望するような出来事でもあったというのだろうか。

その日から、そんな嵯峨のことが気になってたまらなかった。

もちろん嵯峨は翌日からも完璧に、長尾を無視していた。

金を奪った嵯峨を恨む気持ちはなく、その生活や行動が気になって、何かと目で追いかけた。嵯峨は一人でも毅然《きぜん》としていて誰ともつるむことなく、媚《こ》びたり、自分を曲げることはない。その姿に、憧《あこが》れに似た気持ちが自然と沸き上がってくる。嵯峨の強さを分けて欲しくなった。

長尾は気が弱く、他人につけこまれることが多かった。あからさまな嘘《うそ》だとわかっていても、相手の強引さに負けて、騙《だま》されたふりをして要求を呑むこともしばしばだ。

だが、三年に進学する前に、嵯峨が警察に補導されたという噂が流れた。どこまでその噂が正しかったのかわからないが、嵯峨はそのまま登校することなく転校となった。

その前に嵯峨と公園で一晩過ごしたことがあるのだが、そのときのことを彼はまだ覚えているだろうか。

——覚えてる……はずも、ないか。

長尾にとっては嵯峨とのことは大切な思い出だったが、その相手にとってはどうということでもない記憶のはずだ。

それは嵯峨を気にしながらも、近づけないでいたある日のことだった。予備校帰りに、また嵯峨を見つけた。

嵯峨は誰かとケンカをした後らしく、フラフラしながら歩いていた。長尾は近くの公園のベンチに彼を連れていって座らせ、水などを買って渡した。ひどく腹が減っているというから、コンビニでパンも買ってきた。

『病院行く？』

『誰が行くかよ。……こんなの、かすり傷だ。舐《な》めておけば治る』

そんなふうに強がりを言いながらも、ベンチに座って動こうとはしない嵯峨から、長尾は離れられなくなっていた。嵯峨が動かないのは、行くところがないからではないかという気がしたからだ。

結局朝が来るまで、長尾は嵯峨と一晩中、ベンチに座って、ただとりとめのない話をして過ごした。

『帰んねーの？』

何度か、嵯峨が聞いてきた。

『うん。まだいい』

長尾がそう答えると、嵯峨は小さくうなずいた。最初に一瞬だけ浮かべた笑顔が自分を歓迎しているように思えて、長尾は動けなくなっていた。ただそばにいることしかできなかったが、それでも一人でいるのを寂しいと思ってくれているのなら、ずっといてやりたい。

空が白々と明けてきたころ、嵯峨はいきなり『帰る』と言って立ち上がった。それから、呆《あき》れたような顔をして、長尾を見下ろした。

『てめえも、さっさと帰んな』

長尾は帰宅するなり、母親にものすごく叱《しか》られた。何の連絡もなく、いきなり一晩行方不明になっていたからだ。そこまで心配したのなら電話してくれればと思ったが、携帯はいつの間にか、電源が切れていた。

――その嵯峨が、……社会福祉法人をねえ……。

過去との落差に、しみじみする。

カタギっぽく整えられた嵯峨の髪やスーツを見るにつけ、何だか胸が締めつけられるような感慨を覚えて、後で声をかけたいと願う。

自分のことを思い出せなくてもいい。

ただ、挨拶だけでも交わしておきたい。ずっと、嵯峨のことは気になっていたのだ。

だが、説明会が終わった途端、立ち上がった人々に阻まれて、嵯峨の姿を見失っていた。


「ちょっ――すみません。あの……！」

人々を掻《か》き分けて、長尾はエレベーターホールへと走る。

だが、奮闘空《むな》しくエレベーターのドアは閉まり、長尾はその脇《わき》の階段で一階まで駆け下りることにした。

手には、嵯峨の会社の情報が入ったファイルを後生大事に抱えていた。企画提案書の提出のときにも顔を合わせるのだから急ぐ必要はなかったのだが、それでも今、嵯峨と言葉を交わしておきたかった。

階段を駆け下りて一階のエントランスに走りこんだときには、すでに嵯峨の姿はなかった。建物の外に走り出して周囲を見回したところ、嵯峨らしき男が近くのタクシープールからタクシーに乗りこむのが見えた。

――あ！

どうしようかと一瞬焦る。

だが、この説明会で今日の業務は終了だ。自分はこのまま外出していいはずだと判断して、続くタクシーに乗りこむ。

「前のタクシーを追ってください」

タクシーの中から、説明会にいた同僚に携帯で電話をかけ、これから用事があって外出することを伝え、会議室の片づけを頼んでおいた。

優柔不断な長尾が、ここまで衝動的な行動に出ることは滅多《めった》にない。ドキドキする心臓を抱えて、長尾は後部座席のシートに身体を落ち着ける。

あらためて膝の上でファイルを開いて確認すると、嵯峨の会社の本社は東京都の港区だった。このまま港区に向かわれたらタクシー代が怖いと、ちょっとブルッとする。

だが、車はそこまで走らず、赤羽《あかばね》のあたりの繁華街で停車した。嵯峨が支払いをしているのが見える。

長尾は面食らいながら、運転手に告げた。

「すみません。停《と》まったタクシーに気づかれないように通り過ぎて、角を曲がったところで停めてください」

頼んだ通りの場所で、長尾は急いでタクシーを降りた。

――赤羽？

どうして、嵯峨はここでタクシーを降りたのだろうか。自分の会社に直行するのではなかったのか。夕方五時を少し回ったばかりの繁華街は、まだ閑散としていた。路上に看板は出ているものの、灯《あか》りはついてはいない。この通りが活気づくには、まだ早いのだろう。

このような場末の繁華街に、嵯峨は何の用があって来たのだろうか。そのピシリとしたスーツ姿を捜して、長尾は来た道を引き返す。

――ん？

きょろきょろしながら歩いていると、道の反対側を歩いていく男に気づいた。一瞬、あれは嵯峨ではないとスルーしかけたが、ハッとして視線を戻す。

――あれ？

合同庁舎で見たときの嵯峨は、いかにも折り目正しいカタギの社会人に見えた。だが、そこを歩いている兄ちゃんは、少し違う。

綺麗に撫でつけられた髪は手櫛《てぐし》で乱され、ネクタイもいつの間にか外されていた。ワイシャツのボタンも上から三つ外されて、その隙間《すきま》から金鎖がのぞく。スーツの上着は、脱いで肩にかけられていた。肩をいからせ、独特の姿勢で歩く嵯峨の姿はヤクザそのものだ。

――どういうこと？

狐《きつね》につままれたような気分になる。

もしかして嵯峨はこちらのほうが本当で、合同庁舎に現れた姿のほうが偽りなのだろうか。スラックスの腰に巻かれたベルトが蛇革だというところまで確認した長尾は、あわてて嵯峨の姿を追った。先ほどまでは嵯峨に一言声をかけたかっただけだったが、今は少し違う。

何か正体を隠して不正なことをしようとしているのなら、暴かなければならない。国有地の売却に関して、問題があったらいけない。そんな職業意識が働いていた。

車が行き交う大通りを渡り、長尾はその後ろ姿を見失わないように歩いた。タクシーは目的地の近くに停めたらしく、さして歩くことなく、嵯峨は雑居ビルに入っていく。そこから出てきたチンピラらしき男に入口で挨拶された嵯峨は、尊大にうなずいた。

その横柄な態度は、会議室にいた社会福祉法人理事の肩書きをもつ人物と同じには見えない。

嵯峨が消えた雑居ビルの入口に、長尾は急いでたどり着く。駅にほど近い、繁華街のど真ん中だ。入口からまっすぐに伸びた狭い急な階段が目に飛びこんでくる。

嵯峨の姿を追って階段を駆け上り、その突き当たりにあったたった一つのドアのノブに手をかけようとしたとき、叩《たた》きつけるような怒鳴り声が聞こえてきた。

「ンだと！　払えねぇってどういうことだ？　うちは慈善事業じゃねえんだよ。いいか、明日まで待ってやる。それまでに金をかき集められねえって言うんだったら、店に火ィつけるからな。てめえの生命保険で払うことになるから、覚悟しやがれ」

「ひっ！　すみません！　明日までには必ず！」

詫《わ》びの声と同時に、長尾の目の前のドアから男が脱兎《だっと》の勢いで飛び出して消えた。

今時珍しい、超ストレートな恫喝《どうかつ》だ。

──いや、珍しくもないのかなぁ？

長尾は借金をしたことがないから、取り立てそのものを知らない。

今の声はおそらく嵯峨だ、と思いながらドアの隙間からそうっとのぞいてみる。

雑居ビルの狭い一室だ。事務用の机や椅子《いす》が数組置かれ、その中央の大きな机の上に、嵯峨は靴ごと足を乗せて横柄にふんぞり返っていた。その姿は、ヤクザそのものだ。

──やっぱり……。

長尾はごくりと生唾《なまつば》を飲んだ。浮かれていたが、やはり嵯峨のような男がカタギになれるはずもなかった。

何も見なかったふりをして、そのまま後ずさって逃げようとしたが、そのとき低い声がした。

「待ちな」

いかにも筋者の、迫力のある声だった。

ビクッとして足がすくみ、靴が床に貼《は》りつく。どうにか全身に力を入れて動くことができたときには、ドアが大きく開いて、嵯峨が顔を突き出していた。その迫力のある目で、すぐそばから見据えられる。

「何か用か？」

「いや、その、あの……」

嵯峨は同級生だった自分に、気づいていないのだろうか。気づいていないのなら、そのほうがいい。

曖昧《あいまい》な笑みを浮かべつつ後ずさろうとした長尾を、じろじろと嵯峨がねめつけた。

「今日の会場にいたよな？　財務局のお役人。そこから、俺をつけてきたのか？」

嵯峨の視線を追うと、胸に説明会用のネームプレートをつけたままだった。

「長尾？」

小さくつぶやくなり、嵯峨は長尾のネクタイをむんずとつかんで、室内に引きずりこんだ。背中で鋼鉄製のドアが閉じる音が、恐怖と不安を掻き立てる。

目が泳いだ。室内にいるのは、嵯峨一人だ。

嵯峨はネクタイをつかんだまま長尾を壁に押しつけ、その凄《すご》みのある美貌を近づけてきた。

「か、変わってないね」

思わず言うと、嵯峨は眉《まゆ》を寄せた。

「ぁあ！」

目をすがめて、凶悪な人相をする。そんな顔をするとせっかくの美貌が台無しだ。

地味な自分を嵯峨が自然と思い出してくれるとは思えず、腹をくって正体を告げることにした。

「長尾です。都立堀南高校で、二年のときに一緒だった……」

「ぁあ？」

「カツアゲされたこともある」

「あの長尾か。覚えてる」

言うなり、嵯峨は長尾の頬を引っぱたいた。

「って！」

バチンといい音がする。

だが、それは単なる挨拶代わりらしく、ペチペチと手の甲と表で長尾の頰を叩きながら、嬲るように声を潜めた。

「で、その同級生の長尾くんが、どうしてこんなところに現れるんだ？　借金の申し込みってわけじゃねえよなぁ？　てめえの姿を財務局で見たが、そこから俺のケツを追っかけてきたのか？」

このままでは嵯峨のペースに巻きこまれることになりかねず、長尾は腹に力を入れた。

借金取りにしか見えない嵯峨が、国有地の売却の説明会に現れるというのは見過ごすわけにはいかない不正の匂《にお》いがしてならない。

「ここ、闇金《やみきん》の事務所に見えるんですが」

勇気をふるって尋ねると、嵯峨は形のいい唇をほころばせた。

「俺《おれ》のねぐらだ。奥に、俺の部屋がある。だが、暴力団とは関係ねえぞ。組に入ると上納金だの祝い金だのと何かと金をむしり取られるからな。俺は一人で独立してやってんだよ」

ヤクザそのものではなかったことにある種の驚きを覚えながら、長尾は言った。

「しかし、資料では『社会福祉法人・さの会』の理事長だと」

嵯峨は長尾をしげしげと眺めて、言った。

「こんなところまで来たからには、俺がそんな者じゃねえってことぐらい、わかっているだろうが。登録された住所に行ってもらえれば、それなりの偽装はされてるんだが」

大きく開いた嵯峨のワイシャツの襟ぐりから、白い肌がのぞいていた。何故《なぜ》だかそこに視線が吸い寄せられる。その視線に気づいた嵯峨の口元に、ことさらあやしげな笑みが浮かんだ。

「何見てんだよ？」

長尾を嬲るように見つめたその目から、誘いこむような壮絶な色香を感じ取る。

「え。……あの」

長尾はたじろいだ。

不正は見過ごせない。

だが、それを見つけたときの対処法のマニュアルは、財務局にはなかった。しかも、その不正をしている相手が、昔から憧れていた同級生だった場合などは。

嵯峨は長尾を壁際に縫い止めたまま、下唇を意味ありげに舐めた。

「てめえを口止めしておかねえと、この先の仕事に差し支えるな」

そんな仕草にドキッとする。

嵯峨からは無視できないほどの男の色香が漂っていて、身体を近づけられるたびにいい匂いがした。それは女性がつける香水とは明らかに違っていたが、頭がクラクラするほどの吸引力がある。

嵯峨が色じかけで自分を落とそうとしたときには、果たして自分はそれをキッパリと拒絶できるだろうか。そんな自問が頭をかすめる。できるはずだと思っていた。だが、いざその場に居合わせたら、自信がない。

嵯峨は長尾から手を離し、部屋の隅にある金庫に向かった。何かをつかんで戻ってくる。

いきなり長尾のスーツのポケットに、輪ゴムでまとめられた札束がねじこまれた。

「これで口止めされておいてくれるか？」

札束は分厚い。おそらく百万円の束だろう。

色じかけかと思っていただけに、長尾は自分の浅ましさを深く恥じ入るとともに言った。

「こんなもの、受け取るわけには……！」

あわてて札束を突き返す。札束なら、ためらいなく断れる。公務員の自分がこのような不正な金を受け取ってしまったら、クビになるどころでは済まされない。刑事責任を追及される可能性さえあった。

「受け取っとけ。バレねえよ」

嵯峨が堂々とした態度で、それをポケットに入れ直そうとした。

受け取ろうとしない長尾と、強引に受け取らせようとする嵯峨との間で揉《も》み合いになる。

「バレますよ！　それに、こんなもの渡して、それだけで終わるはずが……っ」

ヤクザは怖いと聞いている。

一度つけこまれるようなことがあったら、一度きりで関係を切ることができずに、骨の髄までしゃぶられるという講習会も受けている。

何が何でも金は受け取らないという態度でいると、嵯峨は業を煮やしたのか、ぐちゃぐちゃになった札束を近くの机の上に投げ出した。

それからぐっと、長尾のネクタイをつかんで詰め寄ってくる。

「だったら、どうしたら俺の言うことを聞くんだよ？　ぶん殴られたいか？」

揉み合いのせいで少し紅潮した嵯峨の顔が、キスできそうなほどすぐそばにある。そして、学生時代から変わらない鍛え上げられた細身の身体が、長尾を壁にグッと押しつける。

服越しにその身体の感触を読み取った途端、大きく鼓動が乱れた。

頬に嵯峨の吐息がかかる。鼻孔に飛びこんできた嵯峨の匂いに、出し抜けに身体の熱が上がった。

ヤバい、と気づいたときには、長尾の下肢はぐぐっと形を変えていた。

そのことに狼狽《ろうばい》し、焦って嵯峨の身体を押し返そうとしたが、すぐに気づかれたらしい。

「ん？」

不審そうな声が上がるのと同時に、嵯峨の腰が角度を変えて押しつけられた。硬く熱を孕《はら》み始めていたものが圧迫されて、さらにどくんと脈が弾《はじ》けた。

マズい、ヤバい、どうしてこんな、と声にならない叫びが頭の中で鳴り響く。早く冷静にならなければいけないとわかっているのに、嵯峨の身体との間で圧迫された性器は、ますますその体積を増すばかりだ。

「てめえ、俺に欲情してんの？」

嵯峨の声が、耳元にかかる。その声にこめられた殺気に、背筋が凍りついた。下手したら、嵯峨を侮辱したと因縁をつけられて殺されるかもしれない。なのに、身体は収まってくれない。

そのとき、嵯峨が長尾の首に腕を引っかけ、ぐっと重みをかけてきた。

「てめえの口止めには、金よりこっちのほうが有効か」

嵯峨の整った顔が、焦点が合わないぐらい近くに寄せられてくる。何が起きようとしているのかわからずにいると、唇に柔らかいものが触れた。

「……っ」

それが嵯峨の唇だと気づくまでには、たっぷり五秒間はかかっていたように思う。頭の中が真っ白だ。

――え？　……え、え、え？　これって、何……？

呆然《ぼうぜん》としている間に顎《あご》をつかまれ、軽く首を横に倒されて大きく唇を割られた。

舌の表面がぬるぬると、嵯峨の舌と擦《こす》れ合う。

そんないやらしいキスなど、初めてだった。だけど身体はどっぷりとその快感にのめりこみ、自然と嵯峨の腰に腕が回される。

全身で感じる嵯峨の骨格は、紛れもなく同性のものだった。細身だが、みっしりとした筋肉の質感を受け止める。

なのに、それは少しも長尾の性欲を減退させるものではなかった。

恍惚《こうこつ》としたような痺れが脳髄を支配し、まともに頭が働かない。

そんな長尾の身体を壁に押しつけ、深く舌を差しこんで淫《みだ》らなキスを続けていた嵯峨が、ふと口を離して低く囁《ささや》いた。

「てめえ、……俺としたいの？」

嵯峨とすぐそばで視線がからみあった。

――してみたい。

キスしたことで欲望が掻き立てられ、制御不可能なほどの興奮がこみ上げてくる。

だけど、したらマズい。そんなことぐらいわかっている。この男と関係を持ったら、口止めだけでは済まされない。ネタにして脅され、自分の立場を利用して何らかの無茶《むちゃ》な要求を呑まされることは目に見えている。

だが、押しつけられた嵯峨の身体が、長尾に理性を取り戻すことを許してはくれなかった。

嵯峨は何もかも承知の体で笑った。

「気持ちよくしてやるよ」

そのまま、すすす、と嵯峨の身体が下に落ち、長尾を壁際に立たせたまま、その前にひざまずかれる。スラックスの上からペニスに顔を擦りつけられて、そのぞわぞわするような感覚に長尾は震えた。

「やめて……ください。……駄目です、……こんなのは……っ」

高校のときから憧れていた嵯峨の姿が頭をかすめる。自分が嵯峨に近づきたいと思ったのは、こんなことをしてみたかったからではないはずだ。

だが、嵯峨に下から見上げられると頭が麻痺《まひ》する。

ベルトを緩められ、わざと見せつけるように歯でジッパーの金具をくわえて引き下ろされると、ペニスがガチガチに勃起《ぼっき》していくのがわかった。

「いいか。何も……考えるな。ただ頭を真っ白にして、……気持ちいいことだけ考えてな」

――そうじゃない。

わぁっと叫び出しそうないたたまれなさの中で、長尾は必死に反論しようとした。

自分が嵯峨に抱いていたのは、もっと別の感情だったはずだ。彼の孤独を感じ、それに寄り添い、近づきたいと思っていた。

なのに、嵯峨の手が剝《む》きだしの性器に触れた途端、かつてないほどの凄《すさ》まじい興奮がこみ上げてきた。

「……っ」

下着を引き下ろされながら、腹につきそうな性器を根元から先端まで指でなぞられる。

「くっ」

びくん、と性器が痙攣《けいれん》するような快感に息を吞むと、嵯峨は笑った。

「まさか、この歳になって経験がないなんて言うなよ？」

まさかも何も、その通りだ。

何度か女性といい雰囲気になりかけたことはあったが、優柔不断すぎてセックスまで雪崩れこむことができなかった。

童貞だとは言わなかったが、かすかに指が動くだけでも快感に息を詰める長尾の反応から、嵯峨も何かを察したらしい。

「マジかよ？　俺が初めて？　初めてが男か？」

クスクス笑いながら、嵯峨は唇を開いた。見せつけるように舌を長く伸ばし、興奮しているのか、少し紅潮した顔で見上げてくる。それから、長尾の張り詰めた性器を舐め上げた。

「っ！」

あまりの快感に、脳天まで電流が走った。

嵯峨はさらに唇を寄せて、小刻みに先端の割れ目を舐めてくる。その表情に、長尾は釘付《くぎづ》けになった。こんなことが、現実にあっていいのだろうか。

「は…っ」

校内の不良を軽く半殺しにし、夜の繁華街でヤクザと対等に話をしていたあの綺麗な嵯峨が、自分の性器をしゃぶっている。

嵯峨の濡《ぬ》れたような睫はびっくりするほど長く、目元や耳の付け根がかすかに桜色に染まっていた。それが肌の白さと相まって、息を呑むような色香を漂わせる。

さすがに同性だから、感じるところはよくわかるのだろう。

大きく裏筋に沿ってペニスを舐め上げ、その先端に蜜《みつ》がたまるたびに、唇を窄《すぼ》めて吸い上げる。そのときの舌先の淫らな動きに、耐えきれずに腰が痙攣した。

自分でもこんなにすぐに達するとは思っていなかったのに、刺激が強すぎて自分が押しとどめられない。

「つぁ、……っぁ、あ……っ」

腰を突き出すようにして、がくがくと震えながら長尾は吐精していた。

「っ！」

嵯峨にとっても不意打ちだったのか、背けようとしたその顔面にぶちまけられる。

「っあ」

焦ったが、勢いを止めることはできない。ゾクゾクと震えながら、最後まで吐き出すしかなかった。

直撃を食らい、眉をきつく寄せて不愉快そうににらみつけてきた嵯峨の顔は、さきほどまでのからかうような調子とは違って、底知れない怒りに満ちているように思えた。頬と耳の赤みが増している。

だがその嵯峨の姿は、ぞくりとするほど艶《つや》っぽく、混乱しきった長尾の心を鷲《わし》づかみにするには十分だ。

「す、……すみません、その」

調子に乗りすぎたことはわかっている。

嵯峨に顔射するなんて、とんでもない報復が待ち受けているに違いない。

長尾はあわててスーツの上着のポケットを探り、ハンカチを取り出した。

「これ」

差し出したそれを使って、立ち上がった。嵯峨は頬を拭《ぬぐ》った。返そうとはせずに、くしゃくしゃにして背後に投げ捨てる。

「俺に、……顔射を決めたのは、てめえが初めてだ」

底冷えのする声に、長尾は震えあがった。

さすがにここまでしたら、おそらくただではすまされない。地獄の底までつきまとわれて、ケツの毛までむしられる。

その恐怖が背筋を直撃したというのに、嵯峨の表情は淫らな熱で浮かされているようにも見えた。

「たまらなくなった。——責任取れ。てめえが」

何を言っているのかわからなかったが、嵯峨はそう言うなり、長尾の手をつかんで奥の部屋まで引きずりこんだ。

先ほどまでの部屋はいかにも闇金業者のオフィスといった雰囲気だったが、この部屋はもっと雑然としている。

一番に目を引いたのは、壁際にピタリと寄せられて置かれた千両箱だった。時代劇に出てくる、小判を入れる千両箱だ。だが、それよりもずっと大きく、吸血鬼が中で眠る棺桶《かんおけ》のように横長だった。

「な、……なんですか、これ」

質問には答えず、嵯峨は長尾を床に組み敷いてくる。その部屋の床には、寝転がれるように薄いマットが敷かれていた。

どこか獣じみた仕草で長尾を組み伏せてくる嵯峨の乱れた息づかいを思えば、責任というのがどうやらエロいことを指すというのが理解できた。

嵯峨の肌はすっかり紅潮し、情欲に濡れた目をしていたからだ。嵯峨は長尾の腰に馬乗りになって組み敷いてから、自分の服を脱いでいく。

「その千両箱は、俺のベッドだ。そんなのはどうでもいい。俺をその気にさせた責任を取ってもらう」

鍛え上げられたその肢体が露《あら》わになっていくにつれて、長尾は貞操を奪われそうになっている小娘のように震えた。

嵯峨は自分の服を脱ぎ終わると、今度は長尾のネクタイをつかんだ。慣れた手つきでしゅるっと引き抜かれると、焦りが広がる。

「その……、私《わたし》は初めてなんですが」

「だろうな」

ワイシャツの前を開かれ、手首からも抜かれて全裸にされて長尾は震えた。

嵯峨は長尾の服を剝《は》ぎ取るなり、身体の位置を再び足元へと下げていった。その口腔《こうこう》に、萎《な》えかけた性器が再び含まれた。

「っんん……」

指で根元をしごかれ、唾液《だえき》をからめてじゅるりと吸い上げられると、そこに血液が流れこんでいく。力がみなぎり、その口の中でペニスがびくんと若鮎《わかあゆ》のように跳ねた。

長尾のものをしゃぶりながら、嵯峨は自分の下肢に指を伸ばした。

「っふ」

最初はペニスに触れているのかと思ったら、もっと奥のほうに手は伸びている。

——え？

じゅぷじゅぷと唇でしごかれながら、長尾はそちらを確認する。ぐっと腕を押しこむように肩が動くたびに、嵯峨は一瞬だけ動きを止める。長尾のものを含んだ舌がぞろりと動き、その口腔全体がきゅうっとからみついてくるのがわかった。

——何を……？

ひたすら観察しているうちに、見当がついてきた。おそらく、嵯峨はそこにある挿入口を、自分でくつろげている。

だが、それは容易なことではないらしく、指が中に入るたびに長尾のものをくわえる口にも力が入り、締めつけられた。くわえたまま唇を引いていくたびに唇の端からあふれる唾液で、嵯峨の表情の淫らさが増した。

「……っく」

指が動くたびに、嵯峨は耐えがたいように眉を寄せて、濡れた声を漏らす。

その悔しさと気持ちよさが混じったような表情に、長尾は釘付けになった。長尾のペニスをくわえながら、掻き回す指の動きは次第に大きくなっているらしい。ぞくりとしたように、何度も息を呑む。

官能が滲《にじ》む表情に、長尾は魅せられた。

「そろそろだな」

嵯峨が指を抜き、長尾の腰をまたごうとしてくる。

いよいよというときに、長尾の危機感も増した。

このまま、嵯峨と関係を持ってはいけない。

何もなく終わるはずがない。ヤクザの要求を断れずに従わされることとなり、自分のこれからの人生はめちゃくちゃになる。

それでも、頭の芯《しん》を貫く欲望に何もかもがどうでもよくなった。

どうせ、さっき顔射を決めた時点で、何もかも終わっている。そう思うと、もう何をしても自分の人生は終わりだ。やけくそな気分になって、長尾はタックルするような勢いで嵯峨の身体を抱えこんで押し倒し、形のいい両足を腹につくほど折り曲げていた。

ハァハァと荒い息を漏らしながら、肉欲のままに先端を狭間に擦りつける。

鋼鉄のように硬くなった先端にたまった蜜を入口の襞に擦りつけると、呆気《あっけ》にとられていた嵯峨が悔しそうに目を細めた。

「…てめ……っ!」

だが、快感に潤んだその顔は、今まで長尾が知っていた、クールで俺様な嵯峨とはまるで別人だった。

たまらなく愛《いと》おしくて、胸がときめく。こんな嵯峨を、自分はずっと探していたような気がする。力の限り抱きすくめて、好きだと告白したい。そんなセンチな気持ちが生まれるのと同時に、この身体を自分のものにしたい欲望が爆発的にふくれ上がった。

このチャンスを絶対に逃してはいけないという思いに囚《とら》われたまま、長尾は誘いこむようにひくついた小さな窄まりに、猛《たけ》りきった自分のものを間髪いれずに突き立てていた。

「んぁ!　……っぁ、あ……っ」

肉襞《ひだ》を押し開く快感に合わせて、嵯峨の声が漏れる。そのたまらない摩擦に、張り詰めていた長尾はまた射精していた。

「っく、はっ」

だが、それで滾《たぎ》りまくる性欲が終了するはずもない。ほとばしった熱い精液を潤滑剤の代わりにして、長尾はガチガチに張り詰めたままのそれを根元まで押しこもうとしていた。

「っぁ！」

何が起きているのか把握できないのか、嵯峨がもがく。精液でぬめぬめして、突き立てたはずのペニスが抜け落ちた。そこはなかなか容易には受け入れてくれそうもない狭さだったが、欲望に駆られた長尾は執念を発揮して、位置を探りながら嵯峨の呼吸に合わせてがむしゃらに腰を繰り出していく。

それが何度目かにうまくいったらしく、先端がぬるっと中に呑みこまれた。すかさず長尾は、その長さいっぱいにまで体内に送りこむ。

「っぐ、……っぁ、あ、あ……ッン」

嵯峨は喉をのけぞらせ、入れられるたびに深くなるものからの痛みと快感に耐えているように見えた。自分からまたごうとしたぐらいだから慣れているように思えたが、そういうわけではないらしい。

ひくりと下腹が震えるたびに、中にまで痙攣が走る。

歯を食いしばっていられないのか、横を向いて開いた唇の端から、唾液があふれ出しているのがとても艶っぽく長尾の網膜に灼《や》きついた。呼吸をするたびに襞の動きがリアルにペニスに伝わってきて、たまらない一体感があった。

動かさずにしばらく我慢してみせたかったが、引きちぎられるようなキツさに負けて、ずるりと抜き出さずにはいられなかった。だが、その締めつけが根元から失われていくと、また中に入りたくて下半身が暴走する。

嵯峨の太腿《ふともも》に指の痕《あと》が残るぐらいに力をこめながら、ぎこちなく長尾は腰を繰り出した。動くたびに、掻き出された精液が足の狭間を伝うのが、たまらなく淫らに映る。欲望に頭が真っ白に灼けたままだ。

「っぁ、……っは、は……っ」

ペニスにからみつく襞にしごかれて、全身が溶け落ちそうなほど気持ちがいい。

この世の中に、ここまでの快感が存在しているとは思ってもいなかった。

「っは」

思わず吐息が漏れる。

性器からの快感に意識を鷲づかみにされて、がむしゃらに動き続けることしかできなかった。

荒い息を吐きながら、長尾はひたすら腰を繰り返す。

「っぁ、……っは、あ……っ」

そのとき長尾の下で、嵯峨が快感に耐えかねたように身体をひねった。胸元がのけぞり、形よく筋肉のついた胸の中央で、ぽつりと尖《とが》った乳首が目に飛びこんでくる。

もともと嵯峨は色が白く、服に隠れている部分は透けるような白さだ。だからこそ乳首や乳輪の色合いも淡い。

誰にも触れられたことのないほど清楚《せいそ》に見えるそこに、長尾は誘われるように唇を落とした。両手は嵯峨の足を抱えるために塞《ふさ》がれていたから、口しか自由になるものはなかった。

「ツン」

小さな乳首の粒をそっと舌先でなぞった途端、それに感じたように中からぎゅっと締めつけられ、身体の芯まで快感が伝わった。

　だからこそ、乳首を舐めるのを止められなくなる。弾力があって、いくら潰《つぶ》してもすぐに元の形を取り戻す乳首は、ずっと舐めていたいほどの可憐《かれん》さだった。舌先で粒を転がすのに夢中になる。それに連動して襞にからみつかれ、奥へ奥へと導かれるようだった。

「っん、……っは、は、は」

　切れ切れに息を漏らす嵯峨のほうも、もはや理性などどこかに吹き飛ばしたように見えた。

「っんっ……っ舐めるだけ……じゃ…なく……て……」

　不満そうに言われて、長尾はドキリとする。

「え？」

　吸うのか、と思ってチュッと吸うと、嵯峨が息を呑むのがわかった。そのまま口にぴったり合ったちっちゃな突起をちゅうちゅうと吸い立てると、要求はそうではなかったのか、切れ切れに訴えられた。

「噛《か》…め……よ……っ」

「え？」

　驚いた。

　こんな敏感そうで可愛《かわい》い部分に歯を立てるなんて、何だか痛ましい。だが、頼まれたのだから、とこわごわと歯を立ててみる。

「っぁあ！」

　その途端、大きく嵯峨の腰が跳ね上がった。

悲鳴とともに走った甘ったるい戦慄《せんりつ》に、嵯峨が気持ちよさそうに眉を寄せるのがわかる。

長尾は締めつけを増した体内でそのまま力をこめて動かさずにはいられなくなり、小刻みにカリを襞に擦りつけながら、乳首をぷるぷると舌先で弾いた。そのたびに感じられる弾力が心地よくてたまらず、もっと味わいたくて軽く吸い上げる。

「っぁあ！」

その途端、嵯峨の腰がぐぐっとせり上がった。ちゅぱちゅぱと吸い上げると、たまらないように嵯峨の腰がしなり、ペニスが襞でしごき立てられる。自分から腰を動かすのも良かったが、嵯峨のほうから腰を揺らしてくれると快感が倍になるようだった。

「っく、……っうっ」

さらに乳首に歯を立ててくいっと引っ張ると、また腰がしなって強く締めつけられる。

「っぁ、あ、あ……」

その頭を溶かすような快感に、長尾は乳首から歯を外せなくなる。

顔を胸元に埋《うず》めながらも、腰を固定する指に力をこめて、叩きつけるように奥までえぐった。

「ッ……ッ、ぁ、あ、あ……っっ！」

嵯峨の全身が大きく揺れた。立て続けに腰を揺らされる。それによって快感を得た長尾は、イクことしか考えられなくなっていた。何かに急《せ》かされるように、がむしゃらに腰を振る。

「っぁ、……っちょっ、……バカ……てめ……っ、あ、そこ……ッダメ、……っおぁっ、あ、あ……っ」

罵《ののし》るように上げられていた嵯峨の声が途切れ途切れになって、快感にかすれるのがたまらない。その果てに、ガクガクと射精のために腰が打ち振られた。

「っく！」

搾り取るように何段階にも分けて締めつけられると、長尾はその悦楽にあらがうことはできなくって、嵯峨の体内にしぶかせていた。

「っは……」

目の前がクラクラするほどの快感の余韻に浸りながら、長尾は挿入したまま、嵯峨を抱きすくめていた。

全身から力が抜けていく。

全力疾走の後のように、しばらくは呼吸を整えることしかできない。嵯峨も乱れきった呼吸を整えているのが、肌越しに伝わってきた。

このままでは重いだろうから、早くどいてやらなければならない。そんなふうに思いながらも動けずにいると、長尾の耳元で低く怨嗟《えんさ》の声が響いた。

「俺と……やっちまったからには、……わかってるんだろうなぁ？」

その声に、長尾はいきなり現実に引き戻された。嵯峨は長尾を突き飛ばすようにしながら、自分から腰を動かして体内にあった性器をずるりと引き抜いていく。

「ふ…っ」

そのとき、息を呑んだ表情に釘付けになった。

すぐには閉じきらない部分から、嵯峨の足の奥にとろりと滴る。その光景が目にたまらなく淫猥《いんわい》に映った。

白い肢体に惑わされ、思わず長尾は手を伸ばす。今からでも次のラウンドに入ることができそうなほど、覚えたての快感が長尾を駆り立てていた。

だが、嵯峨はその手を冷ややかに拒んだどころか、がしっと長尾の頭をつかんで、それを支えにふらつきながら立ち上がった。その動きによって、また太腿の内側をつっと流れるものがある。

だが、嵯峨はそんなことを気にせず、脱ぎ捨てた自分の衣服を探って携帯を取り出した。どこか急ぎで連絡を取るところがあるのだろうかと、長尾はぼんやりと上体だけ起こしてその動きを見守る。

だが、不意にシャッター音が響いた。

嵯峨が携帯を手にしたのは、カメラ機能が目当てだったらしい。

さらに嵯峨が携帯を構えて、長尾の無防備な下半身を撮影しようとしているのに気づいて、焦って立ち上がった。

「やめろっ！」

あわててその携帯を奪おうとつかみかかったが、あっさり足元をすくわれて蹴り倒された。直後に、頭にがしっと嵯峨の足が乗せられる。

見上げると、淫らな姿勢も気にせずに嵯峨がその足に重みをかけてきた。

唇には、冷徹なヤクザそのものの笑みが浮かんでいる。相手を追い詰め、搾り取ろうとする危険な顔だ。

「やっちまったからには、俺の正体を絶対に財務局で明かすことはできねえなぁ？　俺は今後も、『社会福祉法人・さの会』の理事長ということで、一つよろしく」

「え？　あ……」

何か言い返そうとも、視線を上げただけで嵯峨のあられもない足の奥が目に飛びこんでくるから、ドギマギする。

嵯峨は長尾の頭から足を下ろすと、気だるそうに近くにあった椅子に腰を下ろした。

「わかったなら出てけ」

顎をしゃくられて、長尾は弾かれたように立ち上がる。天国から地獄へと送りこまれたような気分だった。ひどく頭が混乱している。

理不尽な要求をこれ以上重ねられないうちに、ひとまず退散するしかなさそうだ。

脱がされた衣服を大急ぎでかき集めていると、嵯峨がティッシュの箱を放《ほう》ってきた。

それで後始末をして服を身につけながらも、長尾は何かが胸に引っかかっているのを感じていた。

それが何だかわかった瞬間、やぶ蛇になることを承知しながらも、口走らずにはいられなかった。

「おまえ。……いつもこんなことしてんの？」

嵯峨とのセックスは、たまらなく悦《よ》かった。

だが、嵯峨が日常的に性を切り売りしているのかもしれないと思うと、何だか落ち着かない気分になる。咎《とが》めるというより、もっと自分を大切にして欲しかった。

だが、嵯峨にとっては余計なお世話でしかなかったようだ。

「うるせえよ」

吐き捨てるように言われて、今度はクッションを投げつけられる。嵯峨はそれだけでは収まらなかったらしく、足音荒く隣室へと向かいながら、一言残していった。

「てめえだけだよ、ボケ！」

——え？　え？

どこまで真実なのかわからないながらも、その発言にはときめかずにはいられない。


その翌日。

嵯峨は都内のマンションで、成金風の男の襟首をぐっとつかんで、締めあげていた。

「ンだとぉ！　てンめえええええ!!　こっちも慈善事業でやってるんじゃねえんだよ！　元金と利子合わせて八十万。全部合わせて、今日の十五時に払ってもらう約束だったよなぁ？」

恫喝してから、頭突きするような勢いで顔を近づけた。

「ぁあ？　舐めてんのか、てめえは！」

怒鳴るなり、壁にその身体を思いきり押しつける。

本職のヤクザ顔負けの脅しっぷりだ。

こんなときの嵯峨は、鬼そのものだと言われたことがある。威圧的に見える黒のスーツを着こみ、ネクタイはせずに、いかにもヤクザ風の派手《はで》なシャツとベルトを合わせている。

エナメル製の尖った靴の先には鉄板が仕込んであり、これで蹴飛ばせば、金的イチコロだった。

手を離すと、男は壁にもたれてずるずると座りこんだ。その男を、嵯峨は氷のような目で見下ろす。

嵯峨の迫力に押されて、男の顔に玉の汗がびっしりと浮かんでいるのが見えた。

嵯峨は貧乏人には金は貸さない。貸すのは、金を持っていそうな相手だけだ。この男は、違法な賭場《とば》で会った青年実業家だった。金は持っているのに払わないという身勝手なブラック経営者だ。

もともと嵯峨は違法な金貸しだから、取り立てさえやり過ごせばどうにか誤魔化《ごまか》せると軽く見ているのだろう。弁護士に相談されたら、嵯峨は貸した金を回収することができない立場だ。

だが、そんな身勝手な男だと知りつつも、嵯峨は金を貸した。

嵯峨は男の前で屈《かが》みこみ、耳元に顔を近づける。

「返せねえって言うんだったら、こっちにも考えがある。目玉売るか、肝臓売るか。酒やドラッグをやってたら、てめえの価値はだいぶ下がるんだけどなぁ？」

そう言いながら、嵯峨は舌を伸ばして男の耳朶《じだ》をざらりと舐めた。

「っひ！」

そこまでされるとは思わなかったのか、生理的な嫌悪感に男が縮み上がるのがわかった。

嵯峨もこんな男を舐めても、嬉《うれ》しくも何ともない。その顔に、唾液を吐きかけてやる。

「今日の十五時という約束だったが、明日まで待ってやる。払えないって言うんだったら、覚悟しとけよ」

おそらくこのマンションのどこかに隠し金庫があって、現金がうなっているはずだ。

暴力的に聞き出すこともできるだろうが、あとあと警察に被害届を出されても面倒《めんどう》だ。嵯峨はあっさりとマンションを出る。

だが、このままにしておくつもりはなかった。

嵯峨は玄関を出て、地下の駐車場まで下りるためにエレベーターホールへと向かった。

そのとき、すれ違った良家のおばさま風の女性が、自分の風体をじろじろ見ているのに気づいた。

低い声で言い返してやる。

「何見てんだよ、コラア」

からかうような声でしかなかったが、彼女はギョッとしたように飛び上がって逃げていった。誰かに会ったら、今日はヤクザに脅されたとさんざん吹聴《ふいちょう》するのだろう。

ゴミを見るように冷ややかだった彼女の目つきを思い出しただけで腹が立って、嵯峨はまだ到着していないエレベーターの鋼鉄の扉を思いきり蹴り飛ばした。

その途端、反動でずきっと身体の芯に痛みが走った。

「っ！」

思わず息を呑む。

そこに違和感があるのは、昨日、長尾に抱かれたからだ。

――好き勝手しやがって……！

長尾には慣れているように思われたのかもしれないが、誰かに抱かれるのは五年ぶりだ。初めてではないが、滅多にあることではない。セックスは嫌いではなかったが、自分と関係を持つ相手は吟味するほうだ。

その厳しい審査に合格したからこそ大サービスしてやったというのに、長尾にほざかれた言葉がいつまでも耳に残って消えない。

『おまえ。……いつもこんなことしてんの？』

——あの野郎……！

嵯峨は鋼鉄のドアを、再び蹴り飛ばした。

あそこまでするつもりはなかった。

口でちょいちょいと抜いてやろうとしただけだったのに、あの童貞の早漏が顔射を決めたりするから、ゾクゾクとして途中で止められなくなった。

もう一回ドアを蹴ろうとしたとき、エレベーターが到着してドアが開いた。蹴るのはやめて、嵯峨はおとなしくそこに乗りこむ。

だが、途中階でエレベーターは一度停まり、乗ってこようとした子ども連れの女性がハッとしたように子どもを引き止めた。

「乗らねえのか？」

嵯峨は軽く腕を組み、薄笑いを浮かべて聞いてやる。女性は引きつった笑みを浮かべた。

「すみません、忘れ物して……。先にどうぞ」

嵯峨はケッと息を吐いた。ドアは閉じる。

世間がいかにもヤクザといった風体の自分をどのように扱うのか、よく知っていた。

だが、たまにその境目を容易《たやす》く飛び越えるヤツがいる。飛び越えて、親しげな視線を向けてくるヤツが。

——そういや、長尾はどうしていきなり現れたんだ？

嵯峨は地下でエレベーターを下りてから、左右を見回した。

そこは駐車場になっていて、ポルシェやベンツやＢＭＷなど、この高級成金マンションにふさわしい車がずらりと並んでいた。

嵯峨はあらかじめ下見をしてあったあの男のポルシェを見つけ、車が監視できる柱の陰に、すっと身を屈めた。

それだけで、またズキリと腰に痛みが走る。

足の付け根からそのあたり一体が、筋肉痛みたいになっていた。普段、使わない筋肉をさんざん酷使されたせいだ。

『気持ちよくしてやるよ』

昨日の自分の声が蘇《よみがえ》る。自分でも、どうして長尾相手にあんなことを仕掛けたのかわからない。いつもなら、脅しと金で大抵のことは片づくはずだ。どうして、長尾相手にもそうしなかったのか。

どうにもならなくて身体で詫びることになったのは、過去に一度だけあった。だが、考えてみればさんざんやんちゃをしてきて、一度だけだ。

長尾相手に、その切り札を使う必要性はどこにもない。

——……つまり、俺は長尾としたかったのか。

長尾は高校時代に嵯峨に近づいてきた、数少ない同級生だ。そのときのことは不思議と記憶に残っている。ずっとはみ出し者として敬遠されていた嵯峨に、偏見なく近づいてきたからだ。

そんな長尾と十一年ぶりに再会し、自分に欲情していると知ったあの瞬間、嵯峨の身体に熱が移った。長尾の表情や息づかいの切実さが身体の芯まで伝わり、嵯峨のほうも欲情して止まらなくなった。

——あいつは不思議と、俺を感じさせる。

長尾のことは、ずっと忘れられずにいた。

だが、身分を偽って出席した財務局の説明会でいきなり会ってあわてた。正体を知られるわけにはいかないから、素知らぬふりをして早々に会場から抜け出したのに、長尾は自分を追ってきた。

——覚えててくれたんだ……。

そう思うと、胸に柔らかな感情が広がる。

長尾はやたらと荒れていた学生時代において、ハートウォーミングな思い出を残してくれた希有《けう》な人物だった。

嵯峨の生まれは海外だ。両親は日本人だったが、そちらで事業を興して成功したらしい。家には大きな芝生の庭やプールがあり、車庫には高級車がずらりと並んでいた。外国人の運転手や家政婦に囲まれて、一人息子の嵯峨は大切に育てられた。

だが、父の事業は途中で行き詰まったらしい。小学生の息子に心配をかけまいと父は何も言わなかったが、家にマフィア風の男たちが夜な夜な出入りするようになった。怒鳴り声で、目を覚ましたこともある。

そんなある夜。ぐっすり眠っていた嵯峨は、父に起こされた。リビングにあるがっしりとした衣装簞笥《だんす》の中に自分を入れてから、父は言った。

『いいか。絶対に朝まで声を出すな。何があってもだ。父《とう》さんとの約束だよ。いいね』

その約束を、嵯峨は懸命に守ることになった。

入れられてしばらく経ったころ、嵯峨は銃声を聞いた。怒鳴り交わす男たちが、家中を歩き回る音も聞こえてきた。

嵯峨は運良く発見されずに済んだが、銃声によって駆けつけてきた警察に救出されたとき、リビングは血の海だった。

両親は金を融資してくれたマフィアとトラブルになって、殺されたらしい。

あのときから、嵯峨の感情は凍りついたままだ。日本に戻されたが、引き取ることになった親戚《しんせき》はあからさまに嫌な顔をした。もともと両親とは、金銭的な理由で折り合いが悪かったらしい。自分たちがピンチだったときには助けなかったくせに、今さら頼ってくるなというのが本音なのだろう。

さらに金ばかりかかる年齢の子どもを引き取りたくなかったようで、ひたすら厄介者として扱われた。両親を失い、異国に戻されて不安定だった嵯峨は少しずつ荒れていき、ケンカやトラブルを引き起こすようになっていった。

そのため最初の家から追い出され、親戚の家や施設を点々と渡り歩くこととなった。嵯峨が高二のときに引き取られたのも、遠縁の家だ。何かと折り合いが悪く、些細《ささい》なことが原因で大ゲンカをして、二度と戻らないつもりでその家を飛び出した。だが、金もない高校生には行くあてもなく、繁華街をうろついているうちに酔っぱらいにからまれてケンカとなった。

殴られ、ふらつき、野良犬のような気分だった。このまま生きていてもろくなことはない。いっそ人生を終了させてしまおうかと自暴自棄な気持ちに陥っていたときに、長尾から声をかけられたのだ。

『嵯峨？　どうしたんだよ』

長尾は嵯峨を見て、心配そうな顔をした。ずっと冷ややかな視線ばかり浴びせかけられていただけに、温かさが心に染みた。それだけで泣きそうになるぐらい、心が弱っていた。

何も言えずにいると、長尾は嵯峨を近くの公園に連れこみ、コンビニで水を買ってきてくれた。腹が空《す》いたと言うと、パンも買ってきた。それから、説教をするでもなく、ただ一緒にベンチに座っていてくれた。

そのときの一夜のことが、不思議と忘れられない。いつまでも帰る様子を見せずに、ベンチに腰掛けて嵯峨に寄り添ってくれた長尾の穏やかな横顔が。

世界の全《すべ》ての人間が自分を嫌い、排除しようとしていると感じていた時期だ。やたらと尖り、ギスギスしていた。だからこそ、そのぬくもりに安堵《あんど》した。どうでもいい話をだらだら続けても、長尾はそれをいつまでも聞いてくれた。

一人ぼっちでいるのが、耐えがたい夜だった。次第に心が落ち着いたから、その後、帰宅して親戚に謝ることさえできた。

そのときを境に、長尾のことが気になるようになった。近づきたかったが、友人になるにはどうしたらいいのか、嵯峨にはわからなかった。

話しかけるというよりは恫喝する口調になり、何かをお願いするときにはパシリを命じる調子になっていた。腹が減ったと言うたびに長尾が買ってきてくれるコロッケパンが不思議とおいしくて、ことあるたびにねだらずにはいられなかった。

――また食べたいな、あのコロッケパン。

甘くて辛いソースが絶妙だった。

長尾と同級生でいた時間は一年もなく、嵯峨はほどなく大ゲンカしたのがきっかけで遠縁の家を飛び出して、施設に引き取られることになった。

だが別れてからも、長尾のことはたびたび夢に見た。一人ぼっちで寂しいときには、どうして今、長尾がここにいないのかと理不尽にさえ思った。呼び出してやろうとしたが、携帯電話の番号を聞いていなかったし、飛行機じゃないと無理なほど隔たった地にいたから無理だった。

その長尾にまた会えた。そう思うと、嵯峨の口元はほころぶ。

長尾との再会はめでたいが、いきなりあんなことをする予定ではなかった。だが、長尾がいけないのだ。自分の仕事の邪魔をしようとするから。

――……あれ？

嵯峨はそのとき、ふと自分の心臓の音が気になるぐらい高鳴っているのに気づいた。一拍ごとに、息苦しさを覚えるほどだ。

一瞬、これは何か心臓の病気だろうかと焦った。だが、もしかして長尾のことを思っているからだろうか。

恋などしたことがない。

嵯峨にとっての人間関係は、敵か味方か、どちらでもないかという三択だ。味方の中でも、自分の上か下かという区別があった。

対等な人間関係など結んだことがない。ましてや、恋という甘っちょろい感情とは無縁でいた。

だが、長尾のことを脳裡《のうり》に思い浮かべただけで、確実に鼓動が早くなる。

――何だこれは。

自分の感情を受け止めかねて、嵯峨はケッと息を吐き出す。これは何かの気の迷いに違いない。

そのとき、エレベーターの扉がこの地下階で開き、誰かが下りてきたのがわかった。

嵯峨は物陰から、慎重に相手を確認する。

先ほど部屋で締めあげた青年実業家だ。押しかけたとき、服を着替えている最中だったから、これから出かけるものと目星をつけてここで待ち受けていたのが的中した。

嵯峨は気づかれないように他の車を回りこんで男の背後から近づき、ポルシェに乗りこもうとした男が持っていたセカンドバッグを取りあげた。

「ん？　うわっ！」

男は振り返りざまに嵯峨を見つけて、仰天した顔を見せる。

「どうも」

嵯峨はその男の前でセカンドバッグを開き、中にあった長財布を手に取った。この手の男が現金を持たずに外出するはずがない。カードは以前、パンクさせていて、現実で支払うしかないこともわかっていた。

探ると、長財布の中には厚みを感じるほどの万札が入っていた。

「この現金は、どこから出てきたんだ？」

嵯峨はセカンドバッグを男に投げつけ、財布も投げ返して、丁寧に札を数え始めた。

三十万だ。数え終わると、嵯峨はそれを無造作に懐にねじこんだ。

「これは今日の俺の手間賃として、預かっておいてやるよ。また明日、耳を揃《そろ》えて八十万払え」

「え？　で、でも三十万引いて五十万じゃ……」

理不尽な要求に男は懸命に食い下がろうとしたが、嵯峨がそのネクタイに手をかけるなり、びくっと震えた。

「ンだと、コラァア！」

「いや、いいですいいです。明日、また払いますから……！」

でかい図体《ずうたい》をしているくせに、身体の前で手を合わせて怯えている男の姿は滑稽《こっけい》にしか見えない。

フンと嵯峨は、鼻を鳴らした。

「最初から素直に払えば、八十万にしてやったのに、下手に誤魔化そうとするからだ。どうせこの三十万、飲みに行けばあっという間に消えんだろ？　今日は休肝日にしとけよ」

言い放って嵯峨はその迫力のある目で男をねめつけ、ポケットに両手を突っこんで踵《きびす》を返す。

仕事としてはうまくいったはずだが、ギスギスと心が荒れていた。

――クソが。

誰も信用できない。

甘い顔を見せればつけあがる。所詮《しょせん》、この世は弱肉強食だ。

長尾との件だって、心を揺らされるには値しない。長尾もさすがに昔と同じままではないだろう。

過去の記憶ですら、嵯峨の中で美化されて、元のままではない可能性がある。

――ま。せっかくやっちまったんだから、利用だけはするけどな。

嵯峨はそう判断することにした。

一時の気の迷いに振り回されてはならない。

そう考えているのに、長尾のことを思うだけで心が弾むのはどうしてなんだろう。

「ケッ」

通りすがりに柱を蹴飛ばしたが、その反動の痛みすら快感だった。


だが、長尾のほうは心穏やかではいられない。

嵯峨に再会した説明会から二週間経ったころ、あのおそろしい声で電話がかかってきた。

『――よお。俺だよ、俺。わかんだろ。わからねえとは言わせねえからな。今日、仕事が終わったら、付き合え。ん？　用事があるだと？　――そんな用事と俺と、どっちが大事なんだ？　ああそうだ。俺のほうが大事だよなぁ？　仕事が終わったら、すぐに来い。定時は何時だ？　ああ、だったら、七時に、これから俺が言うところまでやってこい』

嵯峨と電話をしただけで、てのひらと脇にじっとりと冷や汗をかいている。そのくせ、その痺れが癖になりそうだ。

嵯峨からは自分の正体を明かすな、とだけ言われていた。それはさして難しくはない。何もしなければいいだけだ。説明会に来た業者は百近くあったが、これから企画提案書を受けつけ、審査委員会で五つの業者に絞りこむこととなっていた。

その五つの業者に選ばれるのは、容易いことではない。

あらかじめ問題のある業者は外す決まりだったが、そこまでする必要さえあるとも思えなかった。

――書類上は完璧ではあるけど。

長尾は嵯峨から提出されていた『社会福祉法人・さの会』の書類を眺める。一応チェックしてみたが、法人の実体はあるし、納税もしっかりしている。多岐に手を伸ばしている、力のある法人だった。おそらくその法人の名義を、何らかの手段で借りているのだろう。あのときたまたま嵯峨を追うことがなかったら、今でも見破ることができなかったはずだ。

「はぁ」

小さくため息を漏らして、長尾は定時になるのを待ち構えて職場を出た。

嵯峨と顔を合わせるのはおっかなくて緊張するのに、それでもどこか浮かれた気分になるのはどうしてなんだろう。

前回の記憶が消えないからだろうか。

組み敷かれて熱い息を漏らした嵯峨の姿が、脳裡に灼きついている。

ことあるたびに表情が緩む長尾の態度は同僚の目にもついたらしく、何かめでたいことでもあったのかと尋ねられたほどだった。

——めでたいこともなにも、ヤクザに脅されて、呼び出されたところだけどね。

今日、課の歓送迎会も予定されてはいたが、親が病気だからと断って呼び出された場所に向かう。

——ええと。

さいたま新都心駅から、一本で出られる繁華街の駅前ロータリーに呼び出されていた。そこに到着してキョロキョロと左右を見回すと、少し入ったところに一台の黒塗りの車が停められていて、その横に男が立っている。

その姿の良さは、遠くからでもわかった。

バランスのいい身体つきに黒スーツをまとい、光沢のあるシャツを合わせているから、カタギには見えない。

いかにもヤクザといった風体だったが、映画俳優のように見えるほどやたらと格好がいい。ロータリーを行き交う人々も、その男と目が合わないようにしながらも、チラチラと視線を送っていた。すれ違った女子学生が、嵯峨を気にしながら囁き交わしているのが聞こえてくる。おそらく、格好いいとか言っているのだろう。あの年ごろの子は、美男に敏感だ。

そんなふうに注目されている自覚があるのかどうだかわからないが、近づくと嵯峨は長尾に気づいて、軽く顎をしゃくった。

「乗れ」

後部座席に乗ろうとすると、そっちじゃないというように頭を振り、助手席のドアを開く。

嵯峨に近づきたくはあったが、近づきすぎるのはおっかない。助手席よりは後部座席のほうがしっくりくる状況だったが、長尾は逆らうことができずに助手席に乗りこんだ。

ドアを閉じるなり、車は走り出した。シートベルトを締めながら、長尾はさり気なく運転席の嵯峨を観察する。

前回の説明会で見たときのカタギのスーツ姿とは丸っきり雰囲気が違うが、今日のほうが自然な姿なのだろう。ガラの悪さがすんなり馴染《なじ》んでいて、少し乱れた黒髪が嵯峨の艶っぽさを惹《ひ》きたてる。シャープな顎のラインに、艶っぽい唇が魅惑的だ。

肉食の野生の獣が危険な美しさに満ちているように、嵯峨には恐怖と魅惑が同居していた。

「今日は、……何か」

長尾は怯えながらも、切り出してみる。

呼び出されただけで、その目的については何の説明もされていなかった。

嵯峨は運転しながら、横柄に言うだけだ。

「来ればわかる」

無言の二人を乗せた車はゴミゴミとした路地をクラクションを鳴らしながら我が物顔に走り抜け、

都内屈指の繁華街へと向かう。

「ちょうどいい頃合《ころあ》いだな」

コイン駐車場に車を入れた嵯峨は、腕時計で時間を確かめてから、風俗店の立ち並ぶ裏通りへと顎をしゃくった。

嵯峨は勝手知ったる様子で路地を闊歩《かっぽ》し、大通りに近いとある一件の風俗ビルの前で立ち止まった。ぐるりと見回し、地下に通じる階段を指し示す。

「入るぞ」

「う」

長尾は詰まった。

嵯峨が向かおうとしているのは、ピンクな店としか思えない。胸を露わにした女性の看板が表示されており、その下に、しゃぶしゃぶ、の表示があった。

――ノーパンしゃぶしゃぶ？

大昔に、元大蔵官僚の接待にその手の店が使われていたことで問題となったことがあったが、今でも存在していたとは知らなかった。

「何をためらってるんだ。行くぞ」

動こうとはしない長尾の首を嵯峨はがっしりとつかんで、地下への階段を下りていく。高級な店らしく、地下に下りていく階段は間接照明で照らし出されていた。左右の壁や階段には黒光りのする石の素材が使われ、ピカピカに磨き上げられている。

階段を下りきると自動ドアが開き、黒服のマネージャーらしき男が二人を出迎えた。

「いらっしゃいませ」

マネージャーは嵯峨の風体や威圧的な雰囲気に、息を呑んだ。ヤクザだと思ったのだろう。引きつった笑顔のまま、言ってくる。

「ご用件は」

嵯峨はマネージャーに顔を突きつけた。

「ちょっと話があるんだが」

そのまま奥の部屋に二人で引っこむ。嵯峨が恫喝しているような、低い声が聞こえてきた。しばらくしてから、マネージャーと二人で戻ってくる。マネージャーは嵯峨に乱されたネクタイを正してから、深々と頭を下げた。

「では、ご案内いたします」

どんないきさつがあったのかわからなかったが、長尾はついていくしかない。

店内も非常に高級な造りで、廊下の中央は何と鏡張りだった。それぞれのブースが薄い布で隔てられている。

店は繁盛しているらしい。エロい肉体をエプロン一枚だけで隠した若い女性とすれ違ったとき、長尾は息を呑んだ。だからこその鏡張りなのだろうか。

あまり見てはいけないと思ってあわててそっぽを向くと、横を歩いていた嵯峨がぐっと腕をつかんだ。

「てめえ、こういうの好き？」

「好きも何も、来たのは今回が初めてですし」

「あちこち鏡張りだぜ。飲み物を追加注文すると、鏡張りの床の上で、見せつけるようにしておかわりを作ってくれる」

「そ、……そうですか」

この間、自分に抱かれて気持ちよさそうな顔をしていた嵯峨だったが、ゲイというわけではなく、こういう店も好きなのだろうか。

嬉しいというよりも恥ずかしくていたたまれないような気分のまま通路を歩き、滝のオブジェを回りこんだ。

各ブースは薄い布でしか隔てられていなかったから、その様子をうかがい知ることができる。どのブースにも女性が入っていて、それぞれにお楽しみ中らしい。

「アッ。駄目です、そこ」

「お触り禁止かい？」

などといった会話が漏れ聞こえることもあって、長尾は顔を赤らめてしまう。エロいというより、恥ずかしい。

――ここでいったい、嵯峨は何をするつもりだろう？

こんなところで長尾を接待することによって、逆らえないようなネタにするつもりなのだろうか。

それとも、逆にここで長尾にたかるつもりなのだろうか。

——俺はこういう店に来るより、嵯峨としっぽり飲んだほうが……。

先ほど目にした、この店のコスチュームらしい裸エプロン姿の嵯峨が思い浮かんだ途端、長尾は興奮のあまり立ち眩《くら》みしそうになった。そんな姿でしゃぶしゃぶを作って口に入れてくれたら、きっと自分は悪魔に魂を売り渡すほど骨抜きにされるだろう。

——絶対に、してくれないとは思うけど。

長尾より半歩先を歩く嵯峨の横顔が、角を曲がったときにチラリと見えた。あの強烈な初体験から二週間が経過していたが、あれをおかずにどれだけ抜いたかわからない。

誰かとセックスをしたというだけでも大興奮だったというのに、それが嵯峨だったという要素も大きく加味されていた。

——すごかった。エロかった……。

今みたいにヤクザそのものの冷ややかな表情をしている嵯峨からは想像もつかないほど、快感に溶けきった表情をしていた。それに、背筋がそそけ立つほど長尾を絶妙な強さで締めつけた襞の蠢《うごめ》き。

——……ヤバい。硬くなってきた……。

思い出しただけで兆すのを意識して、長尾はあわてて気持ちを切り替えようとした。

「こちらです」

マネージャーは嵯峨と長尾を席に案内する。

薄い布で壁以外の三方を囲まれたその中央に、しゃぶしゃぶの鍋《なべ》を設置できるコンロつきのローテーブルが置かれていた。

嵯峨と長尾は、横に並んだ席に座った。掘りごたつタイプで、足が伸ばせるようになっている。向かい側には女性が座るらしく、箸《はし》や皿がセットされていたのはその方向だけだった。

「すぐに、お飲み物を」

言い残して引き返そうとするマネージャーを、嵯峨が引き止めた。

「女の子はいい」

嵯峨は無愛想に言い捨てる。その眼差《まなざ》しが、一瞬だけ長尾に向けられた気がした。

——え?

だが、それを見定める間もなく、嵯峨が言葉を重ねた。

「飲み物だけ、てめえがここで準備しろ。しゃぶしゃぶはいらん。それから、もうここには近づくな」

他のブースには聞こえないぐらいの、低い声だった。マネージャーは緊張した様子でうなずき、部屋の隅にある冷蔵庫からおしぼりを取り出し、それを差し出しながら小さなメニューを示した。

「何がよろしいですか」

おしぼりで顔を拭《ふ》きながら、嵯峨が答えた。

「ウイスキー。ロックで」

「私はウーロン茶で」

マネージャーはうなずいて、部屋の隅に向かう。そこにあるブースで飲み物を作るらしい。

そのブースは本来はノーパンの女性の見せ場らしく、鏡張りで下から照明があたっていた。そこで黒服のマネージャーは落ち着かない様子でモジモジしながら、それぞれの飲み物を準備する。それをテーブルに置いて出て行こうとしたマネージャーに、嵯峨は確認するように尋ねた。

「隣、だな」

「ええ。あちらに」

マネージャーは左隣を指し示す。そこにも客が入っていて、それなりに盛り上がっている声が聞こえてきていた。

「どれくらい前だ？」

「ほんの十分前です」

嵯峨はうなずいた。

二人きりになってすぐ、嵯峨は長尾ににじり寄り、悪人そのものの顔で囁いた。

「次のおかわりは、てめえがあそこで作れ。ノーパンで、エプロンつけて」

「何の冗談ですか」

嵯峨なら自分を恫喝して、本気でやらせかねない。どこまで本気かと、長尾はこわごわと横にいる嵯峨をうかがう。

テーブルや鏡面にしか照明はあたっておらず、薄暗い中で嵯峨の肌がことさら白く浮かび上がって見えた。

緊張で喉がカラカラだったが、ウーロン茶を飲み干したらノーパンが待っているような気がして、長尾は口をつけるのをためらう。

嵯峨は長尾の太腿の上に手を這《は》わせながら、耳元で囁いた。

「どうして、……ここに来たと思う？」

こんなふうに身体を寄せられるのは、内緒話のためだとわかっていながらも、ボディタッチされた部分を意識してしまう。

「さぁ。……どうしてでしょうか」

「隣、見てみろよ」

嵯峨はほのめかすだけだ。

指し示されたのは嵯峨がいる方向だったから、長尾は少しだけそちらに身を乗り出す。薄布で隔てられていてよくわからなかったが、スーツ姿の恰幅《かっぷく》のいい男たちがいるようだ。

——ん？

そのうちの一人に、何だか見覚えのあるような気がして、長尾は布の向こうに目をこらす。同時に、男たちの声にも耳をすませた。

「……ええ、先生」

「是非ともね。……大学のほうで……」

——まさか……。

疑念が大きくなる。

そのとき、ノーパンの女性がシャンパンを持ってそのブースに出入りするために大きく布をめくった。

奥にいた男の姿が、長尾の目に飛びこんだ。

──なっ……。

絶句する。

二人で同じ方向を向いていると目立つからか、嵯峨は逆に長尾のほうを向いていた。長尾の表情の変化を見守りながら、嵯峨が小声で言ってくる。

「な。あそこにいるのは、今回の審査委員会の座長の、山根《やまね》教授だ。その座長を接待しているヤツにも、見覚えがあるだろ。今回の国有地にエントリーしている、住良《すみよし》レジデンシャルの社長」

「それって、……どういう……」

長尾は小さく喘いだ。

大規模な国有地を売却するときには、各界各層の学識経験者からなる第三者委員会を設け、都市計画に合わせて業者を選定することになっている。

その座長が、利害の関《かか》わる不動産ディベロッパーの社長とこんなところで会っているのだ。

「これはマズいですよね」

長尾はつぶやいた。

不正の匂いしかしない。

嵯峨が長尾の肩に、顔を寄せながら囁いた。

「この情報を、是非ともてめえに教えておかなくては、と思ったんだ。これは『住良レジデンシャル』が座長を接待して、自分のところが選ばれるように工作している現場だよなぁ？」

「ええ。おそらく……逆には見えませんよね」

長尾は隣のブースから目を離せないまま、つぶやいた。

第三者委員会は、驚くほどのずさんさで運営されていることがある。座長の言いなりでことが進む委員会も少なくなく、だからこそ住良レジデンシャルは座長を丸めこめば簡単にベイサイドプロジェクト跡地を競り落とせると考えたのだろう。急激に業績を伸ばした会社だそうだから、他でもこんな手を繰り返しているのかもしれない。

どんな方法をとったんだろうかと頭の中で考えた長尾は、それを検証するためにつぶやいた。

「座長は、あるべき『企画提案書』の書き方でもレクチャーしたのかもしれませんね。あらかじめ審査に通りやすい提案書というものがありますから」

「そんなのあるんだ？」

嵯峨に言われて、この部門に配属されて長い長尾はうなずいた。

「ありますよ。あらかじめ想定されている、都市開発計画に沿った内容であり、なおかつそのプロジェクトごとに想定されているいくつかの条件を満たしていれば、選ばれやすくなります」

「それはいいことを聞いたなぁ」

嵯峨は舌舐めずりするような声を出す。その不穏な気配に、長尾は自分が迂闊《うかつ》な発言をしたことに気づいた。

寄せられた嵯峨の瞳《ひとみ》はクールなままだったが、艶然《えんぜん》と微笑《ほほえ》む唇が長尾を誘っていた。

「俺にも、審査に通る企画提案書の書き方を教えろよ」

「駄目ですよ」

今回の国有地にエントリーしている嵯峨とこんなところで会っていることが表沙汰《おもてざた》になったら、それこそ長尾も接待されたと思われかねない。バレたらクビだ。公務員生活はおしまいだ。

素早く身を引こうとしたのに、嵯峨は舌を伸ばして、ワイシャツで隠れていない長尾の首筋をぺろんと舐め上げた。

「っう！」

ぞくっと、その痺れが下肢にまで伝わる。ジンと痛みすら覚えるほどの興奮とともに、そこが一瞬にして滾っていくのがわかった。

――ヤバい。

何か前回と同じような展開を察した長尾は、気まずさに一度嵯峨から逃れようとする。だが、立ち上がる前に腰に腕が回され、ぐいと身体を引き倒される。さすがは同性だけあって力が強く、簡単には逃れられない。

長尾にのしかかりながら、嵯峨は囁いた。

「いいだろ。今日もサービスしてやるから」

「まさか、……こんなところで……っ」

「大丈夫。誰も来るなと言ってある。それに、見たところで誰も騒がねえよ」

ここの店の女は、支払い次第で本番までしてくれるんだ、と嵯峨は耳元で囁いた。

腰のあたりに伸びてきた手にガチガチになったペニスを探られては、もはや長尾になすすべはなかった。

「……っ」

服越しにしごかれるたびに、その直接的な刺激に腰砕けになる。それに加えて、自分を組み敷く嵯峨の重みと、鼻孔から忍び寄る香りにクラクラした。

——嵯峨からは、いつもいい匂いがする……。

レモンのように清浄かつ、動物的な本能を駆り立てるような匂いだ。

その香りに陶然としていると、嵯峨は長尾のスラックスの前を乱して、ペニスを外に引っ張り出した。

それを口に含まれては、陥落するより他になかった。

「は……」

朝方、長尾はふらつきながら部屋に戻った。

あの店で抜かれた後は赤羽まで連れていかれ、先日連れこまれた闇金事務所兼嵯峨のねぐらで、企画提案書を書かされることになったのだ。

最初は何だかんだと口を挟んできた嵯峨は、途中で眠くなったのか、あとはてめえが仕上げろと言い捨てて、そばに敷いたマットの上ですやすやと眠りこんでいた。

——寝てるときの顔は、可愛いのにな……。

寝不足の肩や首をマッサージしながら、長尾は始発を乗り継いで家に戻る。今日も出勤しなければならないから、自宅に戻ってもシャワーを浴びて着替えてまた出ることになる。

――何なんだろうな、あの千両箱は。

マットで眠りこんでしまった嵯峨に何かかけてやろうと見回したが、目につくものはなかった。千両箱が寝床だと言っていたのを思い出して開いてみたら、その中に枕《まくら》や毛布が入れてあった。ここで眠っているというのは本当らしく、寝た形にくぼんでいるのを眺めながら、毛布を取り出して嵯峨にかけてやったのだ。

――何であんなところで寝るんだろう。狭くて、息苦しそうなのに。

千両箱で眠れば、お金の夢を見られるとでもいうのだろうか。

長尾は自宅にたどり着くとシャワーを浴び、僅《わず》かに仮眠を取っただけでまた職場に向かった。

他の業務をこなしながらも、昨日目撃した座長と、不動産ディベロッパーである住良レジデンシャルとの関係が気になってたまらなかった。あのまま見過ごすわけにはいかない。不正を暴きたい。

だが、長尾は単なる公務員で、こんなときの調べをどう進めていいのかわからなかった。

まずは座長から調べ直すことにする。

山根教授は有名大学の学長であり、官公庁等の諮問機関や、立法等にも多く関与している学者だ。最近では江東区にある児童養護施設の統廃合に関する委員会の座長も務めている。

すでにその委員会は終了しており、答申を踏まえてその児童養護施設は来年の四月に廃止され、別の施設と統合することが決まっていた。

国有財産の売却という仕事をしている長尾だから、何よりその児童養護施設の立地条件が気になった。駅前の一等地であり、さぞかし高値で売れたはずだ。その跡地をどこがいくらで取得したのかと思いながら資料を探っていくと、そこで住良レジデンシャルの名が出てくる。

そのことに、ハッとした。

しかも、住良レジデンシャルは指定落札業者として選定されている。競売ではなく指定落札になると、言い値で買われた可能性が強い。

それどころか、駅前の一等地が欲しかった住良レジデンシャルが、山根教授を動かして施設の統廃合を仕組んだ可能性すらあった。

——きな臭い。ぷんぷんする。

だが、今の段階では証拠も何もないから、表沙汰にするわけにはいかない。

昨日の接待の様子も、証拠として押さえたかったが、入口のところで撮影機器は全て預かられていた。

店内にはセキュリティのために厳しく目が配られており、撮影しているところを店側に見つけられたらただでは済まないそうだ。この店を経営している暴力団との関わりもあるのか、嵯峨は現場を見せるだけでその場では携帯を取り戻すために口を利いてはくれなかった。

『——きっかけは与えてやった。後は、てめえに任せるぜ』

嵯峨にはそう言われた。

ことなかれ主義の公務員だが、さすがにあれだけのものを見せられたら、担当者として何もしないわけにはいかないだろう。

――まぁ俺も、嵯峨の不正を見て見ぬふりをしているけど。

それどころか、昨夜は徹夜で、企画提案書を作らされた。

そんな自分はどうなんだと自問する気持ちはあったが、それでも巨悪は許せない。


土地には適正価格というものがある。

だが、国や自治体が何らかの事情で所有している土地を手放すときには、市価よりも安い値段で売却されることが多い。

だからこそ大儲《おおもう》けを狙って業者が鵜《う》の目鷹《たか》の目で監視しており、その餌食《えじき》にされないように行政側でも一定の決まりを設けている。

それでも、この江東区の児童養護施設の土地の値段は、どう見ても適正価格で売却されているとは思えなかった。

――安すぎる。

書類や地図を元にそう判断した長尾だが、実地調査もすることに決めた。

実際に足を運ばないと、わからないことも多い。不当に安いと思われた土地がどぶ川に面して悪臭が漂っていたとか、景観を損なう施設や建物が付近にあるなど、いろんな要素に土地の価格は左右される。

　業務としては行えなかったから、長尾は就業時間後にその施設を訪ねることにした。まずは地図を片手に、駅前からその児童養護施設まで歩く。

　駅からの距離や人の流れ、道路の位置や周辺の商業施設によっても、土地の価格は違ってくる。長尾はその道のプロだ。国有地を売却するときには、審査委員会に提出される資料の作成を任されることもある。

　だからこそ、このような調査はお手のものだった。

　まだ下見は一回目だから結論を出すには早すぎたが、駅から児童養護施設まで歩いた限りでは、土地の値段を下げるような要素は見あたらなかった。駅から整備された並木道に沿ってまっすぐ道が延びており、マンションや商業施設を作るには最適な場所と言えた。

　――だからこそ、不正の匂いがぷんぷんするな……。

　土地の下見だけではなく、あらかじめ施設に電話をして、園長との面会も申し入れてあった。

　来年四月の廃止を前に、反対運動があったと聞いている。廃止の理由やいきさつについて、施設側からも話を聞いておきたかった。

　約束の時間が間近に迫っているのに気づいて、長尾は急ぎ足で施設に向かう。そのとき、ふとすれ違った男に注意を惹かれた。

　――あれ……？

　長尾は振り返って、その男の後ろ姿を目で追う。

すんなりとした長身に、ジーンズにブーツと薄手のコートを身にまとっている。帽子を深く被《かぶ》り、両手をポケットに突っこんで急ぎ足で駅へと向かっていた。

——嵯峨っぽい気がしたけど。

だが、彼がこのような格好をするだろうか。

説明会で久しぶりに再会したときのカタギのスーツや、ノーパンしゃぶしゃぶに連れていかれたときのチンピラスーツとも違う。学生のようなカジュアルな服装だった。

だが、肩を振るような歩き方や、モデルじみた全体のバランスのよさが嵯峨を思わせる。しかし、声を出して呼び止めるまでの確信が持てずにいると、その男は角を曲がって見えなくなった。

——本当に、嵯峨だったのかな。

半信半疑のまま、長尾は施設へと向き直る。ここからは、ほんの目と鼻の先だ。

塀に囲まれた児童養護施設の通用門の中に踏みこんだ途端、中から走り出してきた女性と正面衝突しそうになった。

「わっ」

たたらを踏んで、どうにか避けた。だが、いきなり体当たりするような勢いで腕をつかまれた。

「すみません。あなたが？」

いきなりそう言われて、長尾は面食らった。

「え？」

「いつもありがとうございます。ものすごく私たち、感謝してるんです。よろしければ、中に。子どもたちも挨拶したいと」

「え？」

何がどうなっているのかわからない。

だが、施設に用事があったものだから、腕を引かれるがまま玄関に向かう。

その途端、中にいた数人の職員が一斉に長尾を見た。

「いらしたわよ！」

長尾の腕をつかんだ女性が誇らしげに声を上げるなり、人々が近づいてきて、取り囲まれた。

「すみませんいつも」

「できましたら、住所氏名など」

「本当にいつもいつもありがとうございます」

さすがに焦って、長尾は声を張り上げた。

「あ。あの、すみません、誤解があるようですが、私がここに来たのは、今日が初めてです。園長先生に面会の約束をしていた、長尾と申しますが」

「あら。あなたが、あの封筒を置いていった人ではないの？」

「封筒？　違います、何のことだか」

「あらあら。いつも、封筒を置いていってくださる方がいらっしゃるんです。てっきりその方だとばかり」

長尾を強引に連れこんだ女性が、ふうっと力が抜けたようにため息をついた。

「封筒を置いてくださる方というのは、どういうことですか？」

長尾は玄関から施設内を見回す。

白いペンキが塗られたコンクリートの壁に、くすんだ緑のペンキが肩ぐらいの高さまで塗られている。耐震基準が気になるような、古い施設だ。

だが建物はだだっ広く、玄関も広々としていた。

入ってすぐの左右には、作り付けの木製の古い靴箱が設置されている。その数からすると、五、六十人は収容できる施設ではないだろうか。

長尾のために靴箱からスリッパを出して揃えながら、職員が言った。

「ここにね。いつでも匿名でお金を置いていかれる、篤志家の方がいらっしゃるんです。ちょうど封筒を見つけたのと同じタイミングであなたをお見かけしたものですから、誤解しちゃいました。いつかお声をかけたいと、張り切ってたせいもあって」

「篤志家、ですか」

一時期、タイガーマスク現象と言われ、児童養護施設にランドセルなどを置いていくのが社会現象となったことがある。

その類《たぐい》かと尋ねると、職員は軽く首を振った。

「もう、……そうね、七年も前からになりますかね。毎回、金額はまちまちなんですけど、昔は数千円。ここ三、四年はぐっと額が増えて、多いときには一気に数百万というお金を、毎月毎月、置いていかれる方がいらして」

「数百万？」

「ええ。さすがにね、私たち、びっくりしちゃって。額が額でしょう。どうにかお礼を言いたいと思うんですけど、正体すらわからないんですよ。どんな仕事をしていらっしゃる方なのか、どんな理由でそこまでのご寄付をいただけるのかと、想像ばかりが広がっちゃって。是非直接お礼を言いたいんですけど、一度もお会いできなくて」

その話を聞きながら、長尾の脳裡を先ほどすれ違った嵯峨の姿がかすめた。

――まさかな。

嵯峨のはずがない。

嵯峨はヤクザそのものだ。何の見返りもなしに、こんなところに金を貢ぐとは思えない。その理由も想像つかない。

――あいつなら金を置いていくより、ここから金をむしり取りそうだ。地上げしてこの施設を奪い取り、その転売でがっぽり儲けて。

「あら、園長」

そのとき、女性が上げた声に長尾はハッとした。

出てきたのは、六十過ぎぐらいの、肉付きのいい優しげな女性だった。純白の髪を、上品にアップにまとめている。

名を名乗って面会の約束をしたことを説明すると、園長室に案内された。

その道すがら、気になって自分が先ほど間違われた篤志家のことを尋ねると、やはり職員と同じ話をされた。

「いつも同じ封筒で、同じ手紙が添えられてるんですよ。匿名ですが自分の意思で、この金を園の運営費用として寄贈いたします、ってね。こういう手紙などで、寄付の具体的な用途や、寄付の意思を記してくださらないと、持ち主不明の拾得物として警察に届けなければならないんです。ですから、そのあたりの法律にも詳しい方なんでしょうね」

裏稼業の人間たちは、民法や不動産取引に詳しい。ますますその篤志家が嵯峨に思えて、長尾は困惑した。

だが、それはさておいて、ここに来た目的を果たすことにした。

長尾は自分の身分を説明することなく、ただ「少し気になることがあるので」とだけ伝えてある。それについて詮索されることはなく、園長は実情を率直に話してくれた。

「ええ。統廃合の理由は、まるでわからないんですよ。何ぶん、いきなりの話ですし」

ここを潰して、子どもたちは別の施設に移動させられるということなのだが、長尾が都や区の資料でも確認したように、ここに預けられる子どもの数は減ってはいない。

むしろ、虐待を通報する社会的なシステムが少しずつ整えられたことにより、一時預かりなどは増えているぐらいだという。

潰す理由が全く理解できない、というのが園側の意見だそうだ。施設はしかも数年前に、地震対策のために大がかりな補修を行ったばかりだという。

それでも、上からの決定とあらば、従うしかないらしい。

「なるほど。……お時間をいただきまして、ありがとうございます」

長尾は資料を閉じて、うなずいた。やはり統廃合のいきさつは納得できない。この影に山根教授と住良レジデンシャルの暗躍がありそうな気がする。だが、全ては状況証拠に過ぎず、確たる証拠といえばノーパンしゃぶしゃぶのときに見たあの光景だけだ。

そして嵯峨のことが引っかかってならなかった長尾は、去る前に一つだけ確認しておくことにした。最近では、個人情報保護の観点から、公務員といえども児童養護施設で育った子どもの名簿を見ることは難しくなっている。今回、この施設について調べたときにも、個人情報は全て伏せられていた。

「……俺と同い年ですから、今は二十八になっているのですが、かつて嵯峨充孝、という男の子が、ここにお世話になってはいなかったでしょうか。彼とは高校が一緒で、仲良くしてたんです。ここの話をしていたような」

一か八かの賭《か》けだった。

嵯峨が児童養護施設と関係があったなんて、一度も聞いたことがない。ましてや、ここだという確信があるはずもない。

だが、嵯峨が金を置いていった張本人というのなら、そうとでも考えなければ理由がつかない。

「ああ。あなた。充孝くんのお友達なの？」

嵯峨の名を出した途端、園長は表情をパッと明るくしてから、すぐに曇らせた。

それから、心配そうに尋ねてくる。

「充孝くん、うまくやってる？」

──やはり、ここにいたんだ。

長尾は正解を引き当てて、ドキリとする。

園長は嵯峨を疎んじているようには見えず、心の底から心配しているようだった。

話し方が柔らかく、包みこむような雰囲気がある。慈母という言葉がぴったりくるタイプだ。

「ええ。どうにかやってますよ」

言うと、園長はふわりと微笑んだ。

「そう、よかったわ、充孝くん。最後まで私に懐いてくれなくて、ここから何度も飛び出して、そのたびに警察に保護されて大変だったの。私が担当だったのよ。一度は一ヶ月も帰ってこなくて、どこでどうしているのか気が気じゃなかったわ。最後は大ゲンカで締めくくることになったんだけど」

「大ゲンカ？」

「理由はよく覚えてないのよ。だけど、罵りあいみたいなケンカになっちゃってね。私もそのころは若かったから、『クソババア、死んじまえ』って言われて、『二度とここに戻ってくるな』って言い返しちゃったの。あわてて謝ったんだけど、あのときの充孝くんの傷ついた表情は忘れられないわ。そのあと、二度と戻ってきてくれなかった」

だからこその、あの寂しげな表情だと納得できた。

和解しないまま去っていた嵯峨のことが、今でも気になっているのだろう。

「嵯峨は、……どうしてここに来ることになったんです？　あ、今もたまに会うことがあるんですけど、昔の話とかは、全然してくれないもので」

「本当は、ここにいた子のプライベートな情報は、外部の人にはしてはいけないのよ」

「あっ」

そう言われて、長尾はハッとした。確かに、公務員の観点からすればそうだ。

だが、園長は慈愛に満ちた眼差しで長尾を見つめ、身体の前で軽く指を組み合わせた。

「だけど、お友達のあなたならいいかしら。充孝くんも、二十八になったことだし」

長尾は園長のテストに合格したらしい。園長は柔らかな声で続けた。

「充孝くんはね。ずっと海外にいたらしいの。だけど、充孝くんが十歳のときに、ご両親がご自宅でマフィアに襲われて、殺されたんですって。たった一人残された充孝くんは、大使館に保護されて帰国することになったんだけど、親戚中をたらい回しにされて、ここに来たときにはだいぶ荒れていたわ。それに、狭い場所じゃないと寝つけなくなっていた」

「狭い場所？」

ふと、嵯峨の部屋にあった千両箱を思い出した。あそこが寝床だったのは、幼少期のトラウマのせいなのだろうか。

——だけど、十歳のときからだとしたら、もう十八年……？

それほどまでの長い間、嵯峨は狭い場所で眠ってきたのだろうか。それでも先日、自分の横で無防備に眠っていた嵯峨の姿を思い出す。今はだいぶ、よくなっているのかもしれない。

「何で、狭い場所に？」

「詳しくはわからないの。あの子はあまり、話してくれなかったから。だけど、ご両親が亡くなったとき、充孝くんだけ狭い場所に隠れて助かったそうなの。だから、いつまでも外界に落ち着く場所がないと、どうしてもそこに引きこもることになるのかもしれないわ。ここにいた間も、充孝くんは一度もベッドで寝てくれなかった。狭い場所を探して、施設中をうろついて。――今は、もう治ってる？」

心配そうに見つめられて、長尾は返答に窮した。

この人の好さそうな老婦人の懸念を、少しでも取り除きたい。嘘は言いたくなかったが、一つだけ安心させられる材料はあった。

「この間、俺のそばで眠ってましたよ。すごく可愛い顔で。起きているときには険のあるおっかない顔してますけど、眠るとあんなにも無防備で、……可愛くなるとは思いませんでした」

その寝顔を思い出しながら言うと、園長はホッとしたように微笑んだ。

「そう。よかったわ。よければ一度、ここに来て欲しいと充孝くんに伝えてくださる？　こんなおばあちゃんとお話ししても楽しくないかもしれないけど、私は充孝くんと会いたいわ。さぞかし、ハンサムになっているでしょうね」

私はイケメン好きなの、と園長は悪戯《いたずら》っぽく付け足した。その茶目《ちゃめ》っ気に、長尾はつられて微笑んでしまう。

「ええ。伝えておきます。嵯峨も、園長先生に本当はお会いしたいんだと思いますよ」

長尾はその後、玄関まで送られて、施設を出る。

何だか、胸の奥に疼《うず》くような感情があった。

──やっぱり、ここに金を置いていっているのは、嵯峨だ。

コワモテで恫喝的な物言いばかりして、誰一人として信用していないような嵯峨の思わぬ一面を嗅《か》ぎつけたことで、長尾の口元は自然とほころんでしまう。

──何だよ、あいつ。

ずるがしこく、転んでもただでは起きなさそうな嵯峨のイメージが揺らぎそうになる。だが、どうして嵯峨がここにこっそりお金を置いていっているのか気になった。俺様なイメージのある嵯峨なら、誰にも知られずにふるまうのではなく、札束で子どもの頰を嬲って恩に着せて、銅像でも作らせそうだ。

今回のことを知ったことで、より嵯峨のことを知りたくなる。まずは、金を置いたのが本当に嵯峨なのか確かめたい。何のために貢いでいるのかも。おっかないから近づいてはいけないと警告する声も頭の片隅にはあったが、それ以上に嵯峨の内面を知りたくてたまらなかった。

嵯峨のことを黙っていることで、すでに公務員としての道を踏み外している。

ならばとことんまで付き合って、嵯峨が何をしようとしているのか、見定めたくなった。

それから一ヶ月。

嵯峨はまたカタギのスーツに身を固め、地味なネクタイを締めて鉄板の入っていない靴を履き、髪を会社員風に撫でつけて眼鏡をかけた。

「……うん」

我ながら、カタギっぽい出で立《いた》ちも似合う。鏡の前で自分の姿をためつすがめつして、満足してから、さいたま新都心駅前の合同庁舎に向かった。

長尾と財務局の会議室で顔を合わせると思っただけで、何だか心が浮き立った。

すでに、長尾に書かせた企画提案書を提出してある。今日がその審査通過者発表の日だ。

――受かってるかな？

百社以上が企画提案書を出したと聞いている。審査に通過するのは五社のみだというから、狭き門だ。

だが、まずはこの審査に合格しなければ話にならない。逆にこの審査に合格さえすれば、落札できる可能性があった。

――落札できれば、丸儲け。

ベイサイドの広大な一等地だ。

土地さえ確保できれば、いくらでも転売は効く。もちろん、国有地を競り落としたときには一定期間の転売防止も契約に盛りこまれているが、会社が倒産した形を取ったり、合併したことにするなど、その転売防止策を無効にする方法はいくらでもある。

嵯峨はその抜け穴を熟知していた。競り落としたときには、巨額の土地代を調達するあてもある。

すっかり浮かれて、鼻歌でも漏らしたい気分だ。

合同庁舎の財務局のある階までエレベーターで上がり、会議室の前に張り出してある審査合格の社名を確認する。たった五社だから、すぐに自分が合格しているのがわかった。

──『社会福祉法人・さの会』よっしゃ……！

だが、ライバルである他の四社を確認したとき、嵯峨は眉を寄せた。住良レジデンシャルが入っている。しかも、『さの会』以外の三社は住良レジデンシャルの談合仲間だ。

──つまりは、だ。

嵯峨はさり気なく顎をなぞる。

座長と住良レジデンシャルがこっそり打ち合わせて、『さの会』以外の会社を選んだということだろうか。『さの会』さえどうにかすれば、落札価格を談合によってあらかじめ打ち合わせることが可能だ。しかも、財務局のほうで設定してある最低落札価格の情報も手に入れられたら、かなり安い値段で土地が手に入る。

──うちが審査に合格してるのは、カモフラージュか？　さすがに住良レジデンシャルの談合仲間ばかりで固めるのは、マズいと思って混ぜた……？

意図はわからないが、合格したのは朗報だ。長尾に企画提案書を書かせただけのことはある。役所が求めるそのものの企画提案書になっていたのだろう。

嵯峨は何食わぬ顔で受付に進み、手続きをして書類を受け取った。これから審査通過者のみに、この後の価格競争入札に関する説明会が行われることになる。

前回のだだっ広い会議室とは違って、今日は二十人も入ればいっぱいになってしまうような会議室だった。その会議室の片隅に陣取り、さり気なく周囲を観察する。住良レジデンシャルの社長はすでに到着していて、来ていた審査通過者の他社とさり気ない目配《めくば》せを交わしていた。やはり、『さの会』以外の四社は談合体制にあると考えていいだろう。

書類に目を通していると、住良レジデンシャルの社長がさり気なく自分を観察しているのがわかった。唯一談合に参加していない嵯峨が、籠絡《ろうらく》できるようなタイプかどうか、確認しているのだろう。

それなりに不動産ディベロッパーの間を渡り歩いてきたから、下手をすると顔や名前が割れているのではないかとヒヤヒヤしたが、住良レジデンシャルの社長とは面識がないはずだ。

嵯峨のほうは彼の情報を根ほり葉ほり調べてあったから、どの組と通じているのかも確認できている。いっぱしの起業家を気どってはいるが、嵯峨から見れば暴力団のフロント企業そのものだ。あちらこちらで乱開発している資金も、全部暴力団から出ている。暴力団が国有地や公共の土地の競売から閉め出されているから、都合よく住良レジデンシャルを使っているに過ぎない。

――どいつもこいつも、同じ穴の狢《むじな》というわけか……。

嵯峨は頬杖をついた。

まだ長尾はこの部屋にはいない。長尾の姿を見たくて、早く到着しすぎた。

ノーパンしゃぶしゃぶの日から、長尾と連絡を取ってはいなかった。長尾と自分との関係が露呈しないようにと我慢してきたのだが、今回の審査通過者に住良レジデンシャルが入っているということは、せっかくの情報を上手に生かし切れていないのだろう。住良レジデンシャルの不正を、長尾は表沙汰にしていない。

――あの野郎。使えない。

どうなっているんだとイライラしながら、嵯峨は説明会開始まで多少の時間があるのを確認して廊下に出た。

ちょうど廊下の向こうから、長尾がやってくるところだった。わざと視線を合わさずに近づき、すれ違ったところで低く声を放つ。

「ちょっと来い」

来ないと許さない、という響きが伝わったのか、長尾はビクッと震えて立ちすくんだ。そのまま振り返りもせずに廊下を進むと、しばらくして長尾が後を追ってくるのに気づく。

当然だ。

嵯峨の本気の呼び出しに逆らえる者はまずいない。

廊下に誰もいなくなったのを確認して、嵯峨は振り返って顎をしゃくった。すぐそばにあった『応接室』と表示されている部屋をのぞき、誰もいないのを確認してから勝手に中に入る。

長尾が続けてドアをくぐるのを確認するなり、その顔のすぐ脇に音がするほど強く手をついて詰問した。

「審査通過者に、住良レジデンシャルが入ってたが、どういうことだ？」

納得できない。

嵯峨は長尾が答える間も与えずに、浴びせかけた。

「こないだ、あそこの社長が座長をピンク接待しているところを見せてやったじゃねえかよ。まさか、見て見ぬふりをするつもりじゃねえだろうな？」

あのピンク接待の情報をつかむために、時間も金もかけた。

長尾にその情報を知らせてやったのは自分が警察に関わるのはマズいという以上に、公務員として花を持たせてやりたかったからだ。座長と住良レジデンシャルの明らかな癒着を見せてやったらどうにかするだろうと考えたのに、そうではないらしい。

「どうにかしたかったんだけど、証拠も何もなかったから」

「てめえはバカか？」

嵯峨は頭ごなしに罵る。

口だけでは終わらず、思わず手が出て、長尾の肩を小突いた。

「あれから一ヶ月もあっただろうが。証拠なんて、その気になればいくらでも集まるんだよ。まさか、何もせずにぼさっとして、証拠が向こうからやってくるのを待ってたんじゃねえだろうなぁ？」

証拠の集め方がわからなかったのなら、自分に一本電話をくれれば、いくらでも知恵を授けてやったし、協力もできた。

なのに何もしなかったなんて、ことを大げさにするのが嫌で、わざと見て見ぬふりをしたとしか思えない。モヤモヤとしたものがこみ上げてくる。

——所詮こいつは公務員か。

嵯峨はこれ見よがしに舌打ちした。

勝手に頭の中で長尾のことを美化していただけで、ことなかれ主義が骨の髄まで染みついているの

だろう。そんな公務員はいくらでもいる。

そう思うと、深いため息が漏れた。

「そ、……そこまで呆れた顔をしなくっても。俺だって、何もしなかったわけじゃ……」

焦ったように長尾が言ったが、この場を取り繕うための言い訳としか思えない。

嵯峨は氷のような冷ややかな目を向けた。

「いいよ。てめえには、何も期待しない」

自分がバカだった。

誰も信じてはならないとわかっていたはずだ。なのに、いったい長尾に何を期待していたのだろうか。幻想でも抱いていたに違いない。

もはや長尾にはかまわないことにして、嵯峨は会議室へ戻った。

次の価格競争入札についての説明会が始まったが、その最中も嵯峨は司会をする長尾と一切、視線を合わせなかった。

だが、どこか物言いたげな顔をしているのは、ひしひしと感じ取る。

――別に、俺なんててめえにとってはお荷物でしかねえだろ。

嵯峨にとって長尾は学生時代に唯一優しくしてくれた思い出の相手だが、長尾にとっては自分の安定した生活を脅かすヤクザでしかないはずだ。早々に関係を断ち切って、自分の前から消えて欲しいと思っているに違いない。

――そういうことだよな。せっかくのネタを、知らぬ存ぜぬしたってことは。

腹が立つ。

長尾と再会してからというもの、彼のことを思い出しては何かとときめいていただけに、そんな拒絶が許せない。裏切りがことさら身に染みて、泣きそうになっているのが自分でも信じられなかった。

説明会が終わるまで、嵯峨は全身に拒絶をまとっていた。説明会が終わるなり会議室を出て、エレベーターホールへ向かい、住良レジデンシャルの社長が出てくるのを待ち受ける。

わざとエレベーターの箱の中で一緒になり、一階に下がるまでの間に書類を落とした。

「あ。……すみません」

それを拾い集めるのを、住良レジデンシャルの社長が手伝ってくれる。相手から話しかけやすくするために、わざと作った隙だった。

拾ってもらった書類を受け取りながら、親しみやすい笑顔を浮かべると、住良レジデンシャルの社長である住良は、その笑顔に微笑み返した。

「……先ほどの説明会で、ご一緒でしたよね」

そう言われたことで嵯峨はハッとしたような顔を作り、名刺を探った。カタギそのものの丁寧な態度で、両手で名刺を手渡す。

「失礼いたしました。『社会福祉法人・さの会』の理事長をしております、嵯峨です」

「『住良レジデンシャル』の住良です」

返礼として渡された名刺には、代表取締役と書かれている。

エレベーターは一階に到着したが、下りようとしたときに、住良のほうから話しかけてきた。

「よろしかったら、少しだけお時間をいただけませんか。折り入って、お話が」

「え？」

嵯峨はわざとらしく立ちすくむ。

不動産ディベロッパー業界では、このような裏での話し合いが日常茶飯事だ。住良レジデンシャルは五年前ぐらいに設立された会社であり、暴力団のバックを受け、なりふりかまわない強引な成長戦略によって急成長した会社だと調べがついている。

嵯峨は一瞬考えこむような顔をしてから、うなずいてみせた。

「ええ。いいですね。こちらからも、お話があるんです」

万事承知だという笑顔を向ける。

カタギに見せてはいても、話は通じる。

そんな態度を装いながら、嵯峨は住良がここの地下の駐車場に停めていた車に乗りこんだ。


連れていかれたのは、六本木にある高級レストランだった。住良レジデンシャルの系列会社が経営しているのだという。

まだ五時だから、夕食には早い。コーヒーが運ばれてから密談のために個室は閉め切られ、住良が「さて」と切り出した。

まずはお互いの手の内を探るように、遠回しな会話から始まる。いかにも青年実業家といった雰囲気の住良は、ほぼ一人で会社を急成長させてきたのだという。

そんなタイプにありがちな自信家であり、目的のためなら法に背こうが暴力団と組もうがバレなければいいという考えの持ち主らしい。三十代前半で、気障《きざ》で、世間を舐めたところがある。それが顔立ちにも表れていて、人生訓のようなことを言われるたびに嵯峨はムカムカした。

それでもどうにか抑えて、社会福祉法人の理事長然とした落ち着きを保つ。住良の自慢話が一通り終わってから、嵯峨の身分が詮索された。

嵯峨は二代目のぼっちゃんであり、『さの会』を急成長させた親からその基盤を譲り受けたことになっている。だが、それなりにやり手で、実質的な経営者は嵯峨本人である。

そのことを住良に納得させると、おもむろに切り出された。

「あのベイサイドエリアの国有地の件ですが。あそこに、大規模な介護永住施設を建てたいという『さの会』様のご意向は承知しております。ですが、どうしても今回、うちが競り落としたいのですが」

嵯峨はその提案を受けて、眼鏡越しにきつくならないように注意しながら視線を向けた。

「うちとしても、候補地はあのベイサイドだけではありません。ですが、都内からのアクセスもよく、一気にあれだけの広さを確保できる土地は滅多にありません。ただ、かなり金額が張るのと、少々広すぎるというのがネックとなってはいます」

問題点をつらつらあげると、待ち構えていたとばかりに食いつかれた。

「今回ご協力していただけるのなら、代替地についてご相談に乗りましょう。うちなら、首都圏全域にアンテナを張り巡らせておりますし。それに……」

言おうかどうか迷うように、住良は一瞬言葉を途切れさせた。

「それに？」

嵯峨はにこやかに聞き返す。談合をしているという言質《げんち》を、ここで取っておきたい。もちろんこの密談の最初から、スーツに忍ばせた録音メディアで会話を盗み録りしてあった。

「――協力いただけたら、それなりのお礼はします」

「それは、金銭的なということでしょうか」

嵯峨はすかさず切り返した。

自分はそれなりに話がわかるというのを相手に伝えるために、表情はその行為を咎めるものではない。共犯者のような笑みを、口元に浮かべている。

それに力を得てか、住良はうなずいた。

「ええ」

得られた証言に嵯峨は軽くうなずいて、身体の前で指を組み合わせた。

「ですが、うちだけが協力しても、意味はないでしょう。他の三社はどうなんです？」

「他の三社とは、とっくに話がついています。ですから、そちらさえご協力していただいたら、最低落札価格で落とすことができます。安価で落札できれば、そちらへのお礼の金額も上乗せできるはず」

「ですが、最低落札価格に達しなければ、話は流れますよ」

どの社も安価で入札しすぎて、財務局が設定した最低落札価格に達しなければ、落札はお流れになる。

それをほのめかせると、住良は笑った。

「最低落札価格もわかっております。手抜かりはありません」

「……なるほど」

最低落札価格も、座長である山根教授から情報を得ているということだ。

「でしたら、詳しいお話を」

嵯峨がその話に乗るとほのめかすと、ホッとしたように住良はうなずいた。今日会ったばかりの嵯峨に、このような話を持ちかけることに、さすがに緊張を覚えていたのだろう。

「その前に、一度休憩なさいませんか。ここの料理は、なかなかのものです。お食事なさりながら、あらためて互いの親睦《しんぼく》を深めるというのは」

「異存はありません」

嵯峨は指先ですっと眼鏡を押し上げる。

服装がカタギだと背筋がまっすぐ伸び、表情も話し言葉もカタギのものになるから不思議だった。

おそらく嵯峨の正体に、いまだに住良は気づいていないに違いない。

「大丈夫ですか？　……ちょっと、飲みすぎ…です……よね…」

どさりと、嵯峨の身体は革張りのソファの上に下ろされる。

住良の住まいである、赤坂の高級マンションのペントハウスに泥酔した状態で運びこまれたところだ。

「らい……じょうぶ……です……」

嵯峨はへらへらと笑いながらも、油断なく周囲を観察していた。

ここは住良レジデンシャルが開発した超高級物件であり、独身の住良はこの高層階で一人暮らしをしているらしい。ことあるたびに女を連れこんでいるのか、いかにも女性受けのするリビングだ。寝転んだソファから、夜景がビックリするほど綺麗に見える。

こんなところに男など連れこみたくはなかっただろうが、泥酔するまで住良に付き合った嵯峨の目的はここにあった。だからこそ、決して自宅やホテルに送り届けられまいと食い下がって、自尊心をくすぐりながらここに連れこまれたのだ。

「すごい……お部屋ですね」

嵯峨はぐったりしながら、酒臭い息を吐く。

泥酔は偽装だが、誤魔化しきれない部分もあってそれなりに飲んでもいる。自分がどこまで酔っているのかわからない状態でもあった。

横たえられたソファは、最高級の牛革だろう。目に映るもの全てに金がふんだんにかけられている。

天井に飾られたシャンデリアも、ゼロがいくつつくかわからないぐらい豪華だ。

「あなたも、その気になればいくらでも金は使えるでしょ？」

何時間も飲み続けたために、すっかり嵯峨に気を許した住良が囁く。酔っぱらった住良は嵯峨に乗せられ、ここだけの話と言いながら、過去にさんざん大儲けした話をしてくれた。

それらは全て、嵯峨が持った記録媒体に録音されている。酒の席でのホラ話だからと言い逃れができるから証拠としては弱いだろうが、これを元に捜査を進めればそれなりの証拠は出てくるだろう。かなり信憑性《しんぴょうせい》のある話ばかりだった。

――だから、次はしっかりとした証拠をつかまなければならない。何か一つでもいい。警察が動かざるを得ないような、明らかな証拠が欲しい。

嵯峨には住良を潰す覚悟があった。

長尾が役に立たないのだから、自分が潰すしかない。長尾のことを思っただけで胸が締めつけられるのを覚えながらソファで上着を脱ぎ、ネクタイも緩めようともがいていると、住良が毛布を持って戻ってきた。

「本当に、ここでいいんですか？　ホテルを取ると言いましたのに」

「ン……。いいんです。ホテルなんて、……勿体《もったい》ないですから」

何度言ったかわからない言葉を繰り返しながら、嵯峨はうとうとして今にも眠りこみそうなそぶりを装った。

じっとしていると、住良が軽く息をついてリビングから出て行く。しばらくすると、シャワーを浴びる水音が遠く聞こえてきた。

後は住良がぐっすり眠りこむのを待って、家捜しすればいい。この手の男は、大切な資料は全て自宅に持ち帰るはずだ。

山根教授や政治家や、談合会社に贈賄していることは確実といえた。後はこの家のどこかに隠してある裏帳簿を捜しだしておきたい。それさえあれば、住良は潰せる。

だが、ソファに寝転んでいると、酔いのせいもあって眠りこまないようにするだけで精一杯だった。

シャワーを浴び終えた住良が一度リビングに戻り、飲み物を持って去っていく。しばらく歩き回ってから、寝室に引っこんだのか、物音がしなくなった。

それから三十分以上待ってから、嵯峨はゆっくりとソファから身体を起こす。

リビングの灯りは消えていた。

だが、夜景を楽しむためか、カーテンは閉じられていない。外からの灯りを頼りに、嵯峨はまずはリビングをそっと探し回る。

食器棚の裏や、引き出しの奥。

人が他人に見られたくないものを隠す場所には、一定の法則があった。借金取りの稼業も長いことしている嵯峨は、その場所をある程度承知してはいる。

だが、リビングでの収穫はなかった。

嵯峨はそっと廊下を歩き、住良の寝室を探す。そこの灯りが消えているのを確認してから、別の部屋から捜すことにした。

リビングの次に踏みこんだのが、書斎だ。経験上、ここにある確率が一番高いといえた。

裏帳簿は必ずある。

いかにもな帳簿の形をしていなくとも、裏金を動かすにはそれなりの管理が必要となる。別名義の銀行口座や、貸金庫の鍵《かぎ》などがどうしても存在するし、それに付随して入金のメモや、誰にいくら送ったかという記録もあるはずだ。

嵯峨は足音を忍ばせて、書斎に入りこんだ。この部屋の窓はブラインドで隠されていたので、真っ暗だ。さすがに何も見えなかったから、準備してあったペンライトを灯《とも》した。

まずは机の上に置かれたノートパソコンに目をつけ、そこにあったメールにざっと目を通した。その中身をまとめて、ＵＳＢメモリーにコピーする。後で詳細に調べれば、何かが出てくるかもしれない。

他にもパソコンの中に隠しフォルダか何かがないかと一通り確認してから、嵯峨はノートパソコンの電源を切った。

――ええと。……とにかくは、裏帳簿関連だよな。

こういうものは、金の流れを探るのが一番わかりやすいし、手っ取り早い。

まずは机の引き出しの裏や、その奥の空間。本棚や本のケースなど、片っ端からチェックしていく。

本棚の隅にあった厚紙製のケースファイルを開いたとき、嵯峨の動きが止まった。

――お。

ようやく、捜し物を引き当てた。

そこには通帳と印鑑、貸金庫の鍵のようなものとノートが入れてあった。

嵯峨はまずは通帳の名義を確認した。それが住良のものだったら、個人的な資産の可能性がある。だが、通帳や印鑑の名義は、住良ではない。架空口座を買ったのだろう。貸金庫の名義は、さらに別の人間のものになっていた。

――これだ……！

嵯峨は床にケースファイルを置き、携帯のカメラ機能を使って通帳を一ページずつ撮影していった。現物はここに置いていくとしても、画像が動かぬ証拠となる。

こういうのは、入手するなりデータを誰かに送ったほうがいいとわかっていた。逃げ出す前に住良に見つかったとしても、それが保険になるからだ。

だが嵯峨は一匹狼《おおかみ》で、こんなときに頼る相手はいない。大金が必要なとき、融通してくれる大暴力団の幹部はいたが、できるだけ借りを作りたくない。それに、こんなとっておきのネタをヤツに渡したら、どんなふうに利用されるかわからなかった。

――とりあえず、長尾のところに送っておくか。

長尾は優柔不断で役に立たない人間だったが、一時保管ぐらいはしてくれそうだし、後々面倒なことにならずに済む。だが、いきなりこんなものを受信したら、長尾はどう反応するだろうか。

――これを見て何だかわかったとしても、やっぱり見て見ぬふりをするんだろうか。

そう思うと、胸の内側が冷える。

長尾のことはずっと忘れられずにいたのだが、自分は虚像に思い入れをしていたのだろうか。

とにかく機械的に作業を進め、撮影した通帳の画像を片っ端から長尾に送る。通帳は三種類あった。

さらに貸金庫のカードと鍵も撮影して、長尾に送っておく。

それからケースファイルを元の位置に戻した。

ようやく証拠を手に入れたことにホッとしてリビングに戻ろうとしたとき、嵯峨はドアが知らない間に開かれて、そこに男が立ちはだかっていることに気づいた。心臓が止まりそうになる。

「――っ！」

いつからいたのだろうか。

男は室内に入ってきて、ドアのすぐ脇にある灯りをつけた。

眩《まぶ》しさに目が眩む。

その隙を逃さず、男はいきなり嵯峨の腹を蹴り上げようとした。最初の蹴りは反射的に避《さ》けられたが、次の攻撃を見切ることができない。重みの乗った蹴りでみぞおちを突き上げられて、嵯峨はたまらずに膝をつく。

「っぐ！」

この容赦のなさは、本職のヤクザだ。

すぐにわかる。相手を人間だと思っていない。痛みにうずくまっていると、男が嵯峨に近づいてきた。

「何だ、てめえか」

自分を知っているような口ぶりに、嵯峨はうめきながら顔を上げた。

そこにいたのは、この場で一番会いたくない男だった。

――石川《いしかわ》……！

先日、嵯峨と借金取りの現場でかち合って、ボッコボコにしてやった相手だ。倒産した企業の財産を処分するためには、一番乗りでなければならない。石川を倒したおかげで嵯峨は大儲けできたが、石川は数千万の損となったはずだ。

プロレスラーのような体形だったが、嵯峨と現場でかち合うことが多かったから、こいつの金的を何度蹴り上げたことだろうか。

石川にとって嵯峨は、何度も煮え湯を飲まされた相手に他ならない。顔を合わせるなり狂犬のように襲いかかられても不思議ではないほど、恨みは買っている。

――そうか。住良レジデンシャルのバックについていた暴力団は、石川の組だ。

夜中に嵯峨が家捜ししているのに気づいた住良は、いち早く加勢を呼んだのだろう。ここまですぐに駆けつけることができたのは、おそらくこのマンション内に組事務所でもあるに違いない。

「てめえかよ」

低く怒鳴った途端、嵯峨の腹は再び蹴り飛ばされた。吹っ飛ばされ、本棚に激突する。

「ぐ」

何度も倒されてきたために、まずはがむしゃらに襲いかかって、嵯峨の戦闘力を奪うのが先決だと学んだのだろう。あまりの痛みに、目の前が暗くなる。だが、ここで気を失ってしまったら終わりだと思って、嵯峨はどうにか意識を保った。

だが、まともに動けなくなった嵯峨の腕をねじ上げて、石川が後ろ手に手錠をかけた。こんなふうにされてしまっては、嵯峨に勝ち目はない。

ひたすら痛みに耐えるために歯を食いしばってうめくだけしかできなくなった嵯峨を見下ろしながら、石川が得意気に言った。

「いきなり呼び出されてやってきたら、ネズミがてめえだったとはな。何でここにいる？」

その問いかけを、室内に入ってきた住良が遮った。

「その男は、『社会福祉法人・さの会』の理事長と名乗っていたんだが、違うのか？」

嵯峨の足首にも手錠をかけながら、石川が太い声で笑った。

「社会福祉法人の理事長？　とんでもねえ。こいつは、一匹狼のヤクザみたいなもんだ。金の匂いを嗅ぎつければ、何にでも鼻を突っこんできやがる」

嵯峨のことが目障りでたまらないらしく、石川は憎々しげに提案した。

「こいつ、殺しちゃいましょうか」

「え？」

さすがに、それには住良が鼻白んだ。殺人に関与するつもりはないのだろう。

だが、石川はよっぽど嵯峨に対する恨みが重なっているらしい。

「何をしたんです？　こいつは」

石川の質問に、住良がざっと説明した。やはり裏金を突き止められたのがネックになるらしく、どうやって口止めをしたらいいかという話になる。

金をやって黙らせたらいいという住良の提案を、石川が一蹴《いっしゅう》した。

「無理ですよ。こいつは、金で黙らせることができるようなタマじゃねえ。一度弱みを握られたら、一生それをネタにたかってきやがる」

——それはてめえだろうが……！

嵯峨は心の中で言い返したが、殴られすぎてまともに声も出せない状態だ。

石川が続ける。

「大丈夫、こいつにはさして後ろ盾はありませんし、殺してもギャーギャー騒ぐ相手もいねえ。サツもこいつの正体に気づけば、さして捜査もせずに内輪もめで片づけますよ」

——勝手なこと言いやがって……！

事実だけに腹が立つ。

自分がいなくなっても捜索届は出されないだろうし、死体さえ出なければ警察はろくに捜査しないだろう。死体が出てさえも、まともに捜査される気がしない。

「だったら……」

石川の提案を承諾するような住良の声音に、嵯峨は心の中でキレた。

——だったら、じゃねえよ、てめえ。ブチ殺す……！

「石川さん。こちらですか」

「おう、こっちだ」

石川が暴力団事務所に伝令を飛ばしたらしく、加勢のチンピラがどやどやと部屋に入ってくる。彼らに、石川は命じた。

「持ち物を調べろ」

嵯峨はまともに動けないままひっくり返されて、ポケットを探られる。スーツの上着は脱いだままだったから、スラックスのポケットに入っていた携帯と財布を奪われた。

そのとき、携帯を確認していた石川がぎょっとしたように声を上げた。

「てめえ。……メール送ってたのか？」

「何だと……！」

住良も驚いたように携帯をのぞきこんだ。

嵯峨が撮影した裏帳簿の画像と、それを長尾に送ったメールを確認しているようだ。

「送った相手は長尾浩一？　長尾？　何だか、聞いた覚えがあるような」

住良が首をひねっている。何度か名を繰り返してから、ハッとしたようにデスクに向かい、資料を漁《あさ》った。

財務局の資料の中で、長尾の名は担当者として連絡先の欄に記載されていたのだろう。住良は焦ったように声を上げた。

「財務局の担当者だ。こいつ、財務局の手先か？」

「この嵯峨に限って、手先なんてことはあり得ませんよ。まぁ、どんな形で組んでるにせよ、その長尾とかいう男は放ってはおけません」

石川は低くうなると、どこかに電話をかけた。話している口ぶりから、相手は名簿屋らしいと嵯峨には察しがつく。そこには官庁の職員名簿も揃っているから、普通なら探り出すことができない公務員の現住所もわかる。

長尾の所属を元に住所を聞き出すと、石川はチンピラ二人に連れてくるように命じた。

その間に、嵯峨の身体は床から引き起こされ、椅子に座らされた。殴られた衝撃に、唇の端が切れていた。椅子に座らされてもまともに姿勢を保てないほど、身体が痛い。肋骨《ろっこつ》がどうにかなっているのかもしれない。

悪態をつく気力もなく、ただ背もたれにもたれて痛みに耐えることしかできなかった。石川はずっと部屋を出たきりで、どこかと盛んに電話をしている声がかすかに聞こえてくる。もしかして、本気で自分を埋める先を手配しているのかと思うとゾッとした。

――まさか、な。

そう思わないとやっていられない。

だが、長尾の元にチンピラが差し向けられたのが気になった。あの男は平和ボケしているから、この深夜にいきなり家のチャイムが鳴っても、警戒することなくドアを開くかもしれない。

――開くなよ……！　ちゃんとドアののぞき穴から相手を確認して、ヤバいヤクザだと気づいたら、居留守使え。

心の中でそう願っていたというのに、一時間も経たないうちに玄関のあたりがやかましくなった。何人もの男たちが、どやどやと嵯峨のいる室内に入ってくる。

「長尾……っ」

部屋着姿で男たちに腕をつかまれ、連行されてきたのは長尾だった。やっぱりこのバカはあっさり捕まったのかと、嵯峨は深いため息を漏らす。

長尾は何が起きたのかわからない様子だったが、嵯峨を見るなりホッとしたような顔をした。

「嵯峨」

にこりと微笑みかけられて、嵯峨はドキッとする。だが、自分のすぐ脇の椅子に座らされた長尾に、嵯峨は悪態をつかずにはいられなかった。

「てめえ。真夜中にヤクザに踏みこまれて、ドアを開くなよ」

「嵯峨が怪我をして大変だと言われたんだ。だけど、無事でよかった」

さっきの一瞬の笑顔は、嵯峨の無事を確認してのことだったのだろうか。それに気づくなりドキッと鼓動が乱れたが、油断していられる場合ではなかった。

「これが、無事に見えるか？」

「呑気《のんき》な話をしてんじゃねえよ」

二人の会話に、石川が割りこんでくる。拘束しなくても御せると見たのか、椅子に手錠でくくりつけられた嵯峨に比べて、長尾はただ椅子に座らされただけだ。

「例のメールの件だが」

「メール？」

長尾がキョトンとしたように聞き返す。その途端、石川が雷を落とした。

「ふざけるんじゃねえ！」

大音響で怒鳴られて、嵯峨ですら肩をすくめる。鼓膜がビリビリ痺れた。

石川は長尾の襟首をつかんで、顔を突きつけた。

「こいつが送った携帯メールだが、それをどうするつもりだ？」

「ちょっと待ってください。携帯メールなんて俺は」

長尾は焦ったようにポケットを探って、携帯を取り出す。それを確認しようとしている長尾の手から、石川は携帯をむしり取った。

「貸せ！」

――まさか……。

それを見ていた嵯峨は、嫌な予感がしてならない。長尾が送られてきたメールに気づいて、いち早くどこかに転送するなどの保全措置を取っていてくれたら保険になるが、眠っていたところをいきなり叩き起こされ、連れてこられた様子に見える。何が起きたのかわからない顔をしていた。

それを石川も察したらしく、奪った長尾の携帯の画面をのぞきこむなり、不審そうに眉を寄せた。

「てめえ。まだ、メールを開いてもいねえじゃねえかよ」

携帯はメールを受信すると、音を鳴らしたりバイブレーションして持ち主にそれを伝える。だが、眠っていればそれに気づかない。

長尾の携帯の画面には、未読メールマークが表示されていたのではないだろうか。

携帯をさらに確認する石川に、長尾は焦った様子で尋ねた。

「ですから、メールっていったい何ですか？　いきなり、寝てるのを叩き起こされて、ここに連れてこられたんですが」

石川は携帯から目を離して、ふてぶてしく笑った。

「残念だな。てめえは巻き添えを食らわされたってわけだ。気の毒だが、ここに連れてこられたからには、このまま帰すわけにはいかねえ」

それを聞くなり、嵯峨は怒鳴った。

「こいつは関係ねえだろ！　俺とは違って、カタギの公務員だ。こいつに手出しをしたら、後々面倒なことになるぜ。毎日うまい弁当を作ってくれたお袋や、オヤジや兄弟たちが、涙ながらにサツに日参する。しかも、財務局での例の件の担当者だ。いきなりそいつが行方不明になるようなことがあれば、担当していた仕事も洗いざらい調べられるだろうな。そうなりゃ、自然と不審なことが浮かび上がる。……とっととこいつをおうちに帰してやれよ。何も知らねえ素人だ。小心者だから、きつく脅しておけば、生涯、口を割らねえはずだ」

できるだけ長尾に個人的な思い入れがあることは隠そうとしているのに、声に熱意が滲むらしい。

石川が嵯峨の前にあった椅子に、どっかりと反対向きに座りこんだ。

「てめえが、誰かをかばおうとするのを初めて聞いたぜ」

「何だと？」

「血も涙もねえ鬼畜のくせに、何を血迷ってやがる。そんなにもこいつが大切か？　こいつは、てめえの何なんだ？」

石川は嵯峨の弱点を暴いたのが、楽しくてならないらしい。嵯峨の顔から目を離さずに長尾に近づき、いきなりその横っ面を張った。

「っ！」

鈍く肉を打ち据える音に、嵯峨の肩がビクリと震えた。自分が殴られるよりも、長尾を殴られるほうが辛《つら》く感じる。

「やめろ、てめえ！」

我慢できずに反射的に叫んでいた。長尾は大切に育てられ、暴力には慣れていないはずだ。ヤクザの暴力は、段違いにキツい。

長尾を見ると、自分が殴られたのが信じられないような呆然とした顔をしていた。長尾にこんな顔をさせるのが耐えきれず、嵯峨は立て続けに怒鳴る。

「ふざけんな、てめえ！　殴るなら、俺を殴れ！　こんなへなちょこの公務員を殴っても、意味はねえんだよ！」

「じゃあ、リクエストに応《こた》えまして」

ふざけたように言って、石川が嵯峨の前に戻り、二、三発平手打ちを食らわせた。脳がシェイクされ、意識が飛びそうになる。ジンと熱い痺れが頬に貼りつく。

そのとき、長尾が怒鳴るのが聞こえた。

「やめろ！　殴るんだったら、俺を……！」

——何だと？

嵯峨は信じられない思いで、長尾を見た。その申し出は石川にも予想外だったのか、鳩《はと》が豆鉄砲を食らわされたような顔をしてから、獰猛《どうもう》に笑う。

「だったら、てめえもぶん殴っておいてやろうな」

石川は嵯峨の前から離れて、長尾に平手打ちを食らわせている。手加減しているのだろうが、みるみるうちに長尾の頬が赤く染まっていくのがわかった。嵯峨の頬も、おそらく腫《は》れているのだろう。

それに耐えられず、嵯峨は叫ぶ。

「だから、長尾じゃなくって俺を殴れって……！」

「てめえら、面倒くせえよ」

石川は辟易《へきえき》したように、肩を揺らした。それでもまだ嵯峨に対する鬱憤《うっぷん》は晴らせずにいたのか、前髪をつかんで乱暴に立ち上がらせた長尾のみぞおちに、思いきり膝を叩きこんだ。

「っぐ、ふ……っ！」

まともに食らったらしく、長尾は床に崩れ落ちたまま立ち上がれなくなったようだった。

「てめえええ……っ！」

嵯峨は激昂《げっこう》した。

目の前で長尾をこんなふうにされて、冷静でいられるはずがない。

椅子に縛られている腕に力をこめ、どうにか外そうと暴れる。だが、椅子の背もたれ部分に固定されている手錠はいくら力をこめてもどうにもならない。

それでもがむしゃらに力をこめたら、粘着テープで椅子の足にくくりつけられていた足が片方だけ自由になった。

それを隠して、嵯峨は命じる。

「石川」

「ん？」

「ちょっと来い」

いぶかしがりながらも、近づいてきた石川との距離を推し量り、嵯峨は絶好のタイミングでその顎を思いきり蹴り飛ばした。

全身に反動がくるほどのクリーンヒットだった。

石川は背後にふらついたが、殴られた衝撃が収まるなり嵯峨がくくりつけられている椅子を蹴倒して、ボッコボコに蹴りつけてきた。

「……っ！」

手当たり次第に腹や肩を殴られ、息が詰まった。目の前が真っ赤に染まる。

——殺すんなら殺せ……！

そんな破れかぶれの開き直りが、嵯峨にはあった。失うものは何もない。そんな気持ちが今まで嵯峨を支え、強くさせてきた。

だが、その途中で痛みが中断しているのに気づく。何か重い温かいものが、嵯峨の上に覆い被《かぶ》さっていた。

——何だ？

何が起きたのかと思って顔を上げると、嵯峨をかばうように長尾が椅子の上に身体を投げ出していた。その背に、石川が蹴りを繰り出す。

「てめえら！　何なんだよ、気持ち悪ィ！」

かばい合う態度が勘に障ったらしく、長尾の背中を石川が思いきり蹴り飛ばすのが、その身体越しに嵯峨に伝わってきた。

「離せ！」

嵯峨は長尾に怒鳴る。

自分は長尾よりも痛みに慣れている。自分が殴られるよりも、長尾が殴られることのほうが辛い。だからこそ振り払おうとしたのに、長尾は嵯峨にますます必死でしがみつくばかりだ。

――何で……！

不可解だ。

わけがわからない。

なのに、ジンと目頭が熱くなった。

長尾みたいに自分をかばってくれる人間が身近に一人でもいたら、自分はここまでろくでなしになっていなかったのではないだろうか。

「ハー、……ハー……」

蹴るのに疲れたのか、石川が息を切らして動きを止める。

そのとき、部屋の入口から遠慮がちに呼びかけてくるものがあった。

「石川さん。バンが来ましたが」

「ああ。こいつらを乗せろ」

石川は部屋の外に出て行く。

長尾は数人がかりで嵯峨から引き離され、声が漏れないように口を銀色の幅のあるテープで塞がれた後に、二人がかりで連れ出された。

嵯峨は椅子から外されたが、口をテープで塞がれた後で部屋の外に出された。ここから連れ出されてバンに乗せられたら、生殺与奪権を石川に握られることになる。

それだけは阻止したかったが、手錠で手足の動きを封じられていてはどうにもならない。

バンの後部座席に、荷物のように運びこまれる。痛みと気分の悪さが限界まで来ていて、気づけば意識を失っていた。

次に気づいたときには、嵯峨はコンクリートの暗い床に拘束されたまま投げ出されていた。

――どこだ、ここは。

あたりは真っ暗だ。

嵯峨は身じろいで、周囲をうかがう。身体の下になった地面は固く冷たくガサガサしており、耳をすますとすぐそばから波の音がする。潮の匂いもした。

――何だぁ?

ぐるりと周囲を見回すと、コンクリートの波消しブロックが、驚くほどすぐ近くにあった。

陸側には木々が生い茂った真っ黒な丘の輪郭が見え、さらに道路でもあるのか、車のヘッドライトが移動していくのが見える。

――ここは海か?

焦った。

どうやら自分は、海に突き出したコンクリートの桟橋の先に転がされているようだ。足首を片方コンクリートの桟橋に固定され、腕を背に回されて手錠で拘束されている。

すぐそばに、黒い影がうずくまっているのが見えた。

まさかと思って足先でつついてみると、うめき声が聞こえた。動ける範囲で回りこんで、顔をのぞきこんでみる。やはり、長尾だ。

――とりあえず、まだ生きてるのは朗報か。

呼吸が苦しかったから、嵯峨は頬をコンクリートの桟橋に擦りつけて、どうにか口を塞いでいた銀色のテープを引き剝がす。それから苦しげにもがいている長尾に、声を放った。

「落ち着け」

一呼吸空けて、もごもごっと長尾がうめく。

おそらく「ここはどこ？」とでも聞いているのだろう。嵯峨は芋虫のように這ったまま、手か足の拘束が外れないかと様子を探ってみる。

「ここはどこかの海の、桟橋だ。ヤツらがいねえのは、俺たちを沈めるためのブロックや縄を調達しに行ったたか、いっそこのまま放置して、潮が満ちて水没するのを待っているからだろうな」

「ぐぐっぐうぐう！」

長尾のうめきはおそらく、「そんなの、冗談じゃない」とでもいうものだろう。

嵯峨は殴られた全身がズキズキと痛むのを感じながら、どうにか上体を起こしてみた。後遺症が出るからあまり使いたい方法ではなかったが、思いきって手首の関節を外す。

「っ！」

脳天まで、ズキッと痛みが走った。だがそのおかげで手首の関節が伸び、後ろ手に食いこまされた手錠を外すことができる。だが、動くたびに痛みが突き抜けた。

「……っ」

前に同業者から教えてもらった方法だったが、うまくマスターできていない。

それでも、歯を食いしばって足の拘束も外す。足は引きちぎれないタイプのテープで、桟橋から突き出した鋼鉄製のポールに固定されていた。引っ張っても拘束から逃れることは困難だが、手が自由になっていれば端から引っ張って外すことができる。

——できた。

自分の足が自由になるなり、嵯峨は長尾のところににじり寄り、まずは唇を塞いだテープを外してやった。長尾は頰をテープに引っ張られて、いていて、と小さく声を漏らした。あまり痛くしないようにゆっくり引っ張ってやりながら、嵯峨は尋ねてみた。

「てめえ。痛いの嫌いなくせに、どうして俺をかばったの？」

自分を殴れ、と石川の前で言い合ったことや、殴られている嵯峨をかばってその上に身体を投げ出してくれた長尾の姿が記憶に焼きついている。

まともに灯りはなく、海は真っ黒だった。それでも闇に目が慣れてきたおかげで、長尾の表情の変化ぐらいはどうにか見分けることができる。

「どうしてだろうな」

長尾は照れたように笑った。長尾のそんな顔を見ていると、胸がチクチクするような感情でいっぱいになっていく。どんな顔をしていいのかわからず、嵯峨は長尾の足元に屈みこんだ。

「今、足も外すから」

長尾の足は銀色のテープでぐるぐる巻きにされていた。テープの端が見つかれば、そこから引っ張って外すことができるはずだ。だが、その端がこの暗闇の中ではなかなか見つからない。

手首を動かすたびに、ひどく痛んだ。だが、その痛みをこらえて、嵯峨は作業を進める。

強い焦りがあった。

石川が戻ってきたらおしまいだ。今が逃げ出す絶好のチャンスだというのはわかっていたが、長尾を見捨てて逃げることはできない。過去にはどんなに冷酷だと言われることも、やってこれたはずなのに。

――そんなの、……決まってる。……長尾が、……俺を助けて……くれたから。

焦りととまどいと鬱憤が、嵯峨の中でふくれ上がる。テープの上を指で探って切れ目を捜しながら、気づくと言葉が口からあふれていた。

「てめえは昔から、役立たずだった。……ただぼさっとして、そばにいればいいってもんじゃねえ。単なる役立たずのくせに、……どうして……てめえは……」

――俺を助けようとするんだ？

そんな長尾がわからない。

自分なんて助けても、何にもいいことはない。むしろ悪いことだらけだ。からまれて殴られたり、カツアゲされるのが関の山だというのに、どうして長尾はこんな自分を見捨てないでいてくれるのだろうか。

じわりと、嵯峨の目には涙が滲んだ。その量は胸の痛みとともに増え、瞬《まばた》きするたびにボロボロ流れるほどになった。

どうして視界がこんなにも滲むのかわからずに拳《こぶし》で何度か拭った後で、ようやく自分が泣いていることに気づいた。

長尾も乱れきった息づかいで気づいたのか、驚いたように聞いてきた。

「おまえ、……泣いてんの？」

その言葉に納得できずに、嵯峨は逆ギレして叫んだ。

「るせえ！　おまえが……役立たずだからだよ……！　足引っ張る……だけの、……役立たずの……くせに……」

答える間にも、ぼろぼろ涙があふれる。

長尾だけでも助けてやりたい。自分なんてどうなってもいい。その焦りと、うまくいかないやりきれなさが胸の奥で混じり合う。きつく嵯峨は拳を握り、テープに爪《つめ》を立てた。だが、それぐらいでは外れない。

そんな嵯峨を見上げながら、長尾は柔らかな声で尋ねてきた。

「大切なメールを、俺に出してくれたのは、……送る相手が、俺しかいなかったからだろ」

こんなときに、何て呑気なことを言ってるんだと腹が立った。

「思い上がんな！」

自分があんなものを送ったせいで、長尾まで巻きこんだ。

言葉を失って鼻をすすり上げる嵯峨に、長尾は言った。

「こないだ、……見たよ。おまえが、……江東区の児童養護施設に金を置いてくの。七年も前から、月に一度は必ず置いてくんだってな。……施設の人たちは、ひどく感謝してた。俺はその人と間違えられて、ありがとうって言われた」

「……何のことだよ」

長尾がそのことについて知っていることに、嵯峨は狼狽した。誰にも言っていないことだというのに、どこで嗅ぎつけたのだろうか。だが、自分が隠れて金を置いていっていることを認めるわけにはいかない。

そのとき、嵯峨は長尾の足首をとめたテープの下から鋼鉄の鎖が伸びているのに気づいた。その端は、桟橋のコンクリートから突き出した金属にくくりつけられている。

――何……だと？

頭をガツンと鈍器で殴られる思いだった。

こんなふうにされていては、テープを外すことができたとしても長尾は自由になれない。鎖をたぐった動きによって、長尾も自分の足が桟橋にくくりつけられていることを悟ったらしい。

嵯峨を見上げて、おどけたように苦笑した。

LYNX ROMANCE
リンク
SEXY & STYLISH BOY'S L
特集
サディスティックに愛したい
ドS
Comic
香坂透 × Story.篠崎一夜
斑目ヒロ
琥狗ハヤテ
ハルコ
宝井さき × Story.桐嶋リッカ
霧壬ゆうや
九重シャム
日高あすま
いさき李果
六路黒
中田アキラ
倉橋蝶子
じゃのめ
Novel
きたざわ尋子 × Cut.陵クミコ
谷崎泉 × Cut.麻生海
茜花らら × Cut.三尾じゅん太
本誌初登場!
柚谷晴日
友江ふみ
鮫沢伎
瀬納よしき

ill.円陣闇丸

しまった羽根珠樹は、病院で清掃員とし真面目に働いていた。そんなある日、病院で見舞いにきていたマージンという外国人と出会う。マージンはアメリカのセレブな一族の一員だったが、車に轢かれて瀕死の状態で病院に運び込まれ、そして、息をひきとった――はずだったが、なぜか蘇生し怪我も消えていた。その後、今までの彼とはまったく別人のようになってしまったマージンは、珠樹に「俺を許すと言ってくれ」と突然意味不明な言葉でせまってきて…。

千両箱で眠る君

バーバラ片桐　ill.周防佑未

ヤクザまがいの仕事をしている嵯峨は、幼少のトラウマから千両箱の中でしか眠ることが出来ずにいた。そんな中、身分を偽って国有財産を入札するために出席した財務局の説明会で、職員になっていた元同級生・長尾と再会する。長尾は高校の頃唯一、隣にいて楽に呼吸の出来る相手だった。しかし、長尾に身分を偽っていたことがバレ、口封じのために長尾を誘惑し、抱かれる嵯峨。しかも何故か、長尾がいると千両箱の中以外でも眠ることが出来た。しかし、その後長尾が何者かに誘拐され…。

悪魔公爵と愛玩仔猫

妃川螢　ill.古澤エノ

上級悪魔に仕える事を生業とする一族、黒猫族の落ちこぼれであるノエルは、銀の森で肉食大青虫に追いかけられているところを、悪魔公爵であるクライドに助けられる。そのままクライドにひきとられ、執事見習いとして働きはじめるが、魔法も一向に上達せず、使役獣にも異様に懐かれるばかりで全くクライドの役に立てずにいる。そんなある日、クライドに連れられて上級悪魔の宴に同行することに。初めて知った世界に圧倒されノエルは何も出来ない自分に落ち込んでしまい…。巻末には描き下ろしショート漫画も収録！

獣王子と忠誠の騎士

宮緒葵　ill.サマミヤアカザ

トゥラン王国の騎士・ラファエルは、幼き第一王子・クリスティアンに永遠の忠誠を誓っていた。しかしある日、六歳になったクリスティアンが忽然と姿を消す。国中が捜索を諦めても一人、主を探し続けるラファエル。そして十一年後、ついに「魔の森」で美しく成長した王子を見つけ出す。魔獣に育てられ、言葉も忘れていたクリスティアンは、連れ帰った国での生活にもまったく馴染まず、まるで獣のようだった。そんな王子にも変わらぬ忠誠を捧げ、献身的に尽くすラファエルにクリスティアンも徐々に心を開きはじめ…。

LYNX COLLECTION
リンクスコレクション
LYNX COLLECTION Comics
B6判 定価:619円+税
大好評発売中!!
恋と服従のエトセトラ 上
大人気『グロリア学院』シリーズ待望のコミカライズ!!
宝井さき 原作／桐嶋リッカ
魔族が集う『聖グロリア学院』に通う魔族と人間のハーフ・日夏は、一族の掟により誕生日までに男の婚約相手を見つけねばならず…!?
エゴイスティック トラップ
失恋から始まる体の関係…!? アダルトセクシャルラブ♥
上川きち
失恋で落ち込む碧木は、会社の先輩・岡田に飲みに誘われ、そこで強引に抱かれてしまう。傲慢な岡田に振り回される碧木だが…!?
COMING SOON
2013年8月24日発売!!
ゲシュタルト
大槻ミゥ
大学生の聡嗣は親友の慧にむくわれない片想いをしている。そんなある日、聡嗣の目の前に慧と同じ姿をした謎の「慧」が現われ——!?
山吹の花の盛りの如く
山野でこ
美大生の鷹虎はヌードデッサンの現場を新入生の太陽に乱入された腹いせに、太陽を脱がすが意外に好みの身体をしていて——!?

「これじゃあ、逃げられない」

長尾の呼吸も、どこか苦しそうだった。

長尾が横たわったまま、上体も起こさないでいるのは、ひどい苦痛に耐えているせいだと嵯峨は気づく。どこかの骨がいかれているのだろうか。自分をかばったせいで。

顔を近づけると、長尾の顔は蒼白《そうはく》で、ひどく汗をかいているようだった。浅くしか呼吸ができていない。

驚きに頭を抱き寄せると、長尾は提案してきた。

「おまえだけ、逃げろよ」

「何でだよ……！」

こんな状態の長尾を残していくなんてできない。だけどこんなふうに言うのは、嵯峨だけでも助けてくれようとしているのだとわかった。

「てめえ、何で俺を助けようとすんの？」

今まで知り合った人間のほとんどが、嵯峨にはできるだけ近づくまいとしてきた。とばっちりを食らうのを避け、暴力的な嵯峨をおそれた。

なのに、長尾だけはどうして違うのだろうか。

ジンジンと胸が痛くなる。

まともに呼吸ができなくて、ひどく乱れきった息づかいになっていた。

利己的な人間とばかり関わってきただけに、長尾の行動が納得できない。長尾の頭を抱いているだけで、じわじわと流れる涙が止められなくなる。

「……てめえを、……見捨てたり……なんて、するかよ」

長尾を見捨てるぐらいなら、自分が犠牲になったほうがいい。長尾が誰より大切だった。自分を見捨てない男が。

自分がこんなふうに考えるようになるなんて、思わなかった。だが、涙は勝手にあふれる。いくら拭っても、あふれて止まらない。

そのとき、嵯峨は道路のほうから車のヘッドライトがこの桟橋のほうに向かってくるのに気づいた。石川たちが必要なものを調達して、戻ってきたのだろう。残されている時間は、あと僅かだ。具体的には、十分あるかないか。なのに、長尾のそばから離れたくない。

その車の動きに気づいていない長尾が、のどかに響く声で言った。

「高校生のとき、……嵯峨と一晩、一緒に過ごした…のを覚えてる？」

――え？

嵯峨にとっては、忘れられない思い出だ。だが、そのときのことを長尾も覚えているとは思わなかった。

止まらない涙をグイと拭い、嵯峨は鼻をすすって答える。

「ああ。公園で。……おまえに、水とパンを買ってもらった」

「それと、蚊取り線香。……あのときも俺、おまえのそばにいることしかできなかったんだ。何かしてやりたかったのに、……それがずっと、もどかしかった。だから、次のチャンスがあったら、何でもいいから、おまえのためにしてやろうと決めて……たんだ。……けど、現実は、うまくいかないな。……を引っ張るばっかりだ」

「何で、……してやりたかったの？」

嵯峨はとまどって、長尾を見る。

何で長尾が自分のことをこんなふうに思ってくれるのかわからなかった。

だけど、長尾の言葉を聞くたびに、胸の底から感情の波が広がっていく。

またみっともなく泣き出してしまいそうで、嵯峨は歯を食いしばった。

「わからない？」

尋ねられて、嵯峨はうなずく。

「ああ」

長尾にも、自分にも残された時間はさして長くはない。だからこそ、長尾の思いを少しでも多く聞いておきたかった。

長尾の顔を眺めているだけで、胸がジンと熱くなる。抱きしめて、キスしたい。愛しい。大切にしたい。

自分の中にあるとは思わなかった感情の発露にとまどう。だけど、何だか嬉しかった。最後の最後に、こんな感情を知ることができて。

そう思ったのを見抜いたように、長尾が言った。

「おまえのことが好きだからとは思わない？」

「好き……」

呆然と、嵯峨は繰り返した。

自分が長尾に抱く気持ちにも名前をつけたら、「好き」ということになるのだろうか。好き、と口の中で小さく繰り返すたびに、甘ったるさがじわりと広がる。

その気持ちを抑えきれずに、嵯峨は長尾に屈みこんだ。

「だったら、チューぐらいしとく？」

長尾のことが好きで好きでたまらない気持ちがあふれ出して、息が詰まりそうだ。行動に移さなければ、爆発してしまう。

長尾がかすかにうなずいたような気がしたので、嵯峨はさらにそちらに屈みこんだ。

そのとき、野太い声が割りこんできた。

「――てめえら、何を話してやがる」

顔を上げてみると、そこにいたのは石川だ。チュー発言を聞きつけたらしく、辟易とした顔をしていた。

「邪魔すんな！」

思わず怒鳴ると、石川は嵯峨の腰を蹴り飛ばした。倒れたすぐ目の前に、抱えていたコンクリートブロックを落とす。

「――っ……！」

それが少しずれていたら、顔を潰されていたのだとわかって、ゾッとした。

硬直したまま見上げると、石川は嵯峨を睥睨《へいげい》して微笑む。

「待たせたな。ここで生きたまま、沈めてやろう」

「……っ！」

嵯峨は跳ね上がって、石川と一戦交えようとした。だがそれよりも先に、別の男に痛む肋骨の上に足を乗せられて地面に縫いつけられ、手首をねじ上げられてうめくしかなかった。

「石川さん！」

桟橋にモーターボートが横付けされ、それに乗った男が声をかけてきた。石川たちがいなかったのは、このモーターボートを準備していたからだろう。沖のほうまでそれで運んで、重しをつけて沈めようとしているのかもしれない。

――クソ……！

どうにか、最後にここで踏ん張らなければ、鱶《フカ》の餌《えさ》だ。嵯峨は渾身《こんしん》の力で、自分を押さえつける男を跳ね飛ばそうとした。

――長尾は俺が守る。

そのとき、ヘリの爆音が急速に嵯峨のいる桟橋に近づいてきた。

何が起きたのかと思いながら見上げたとき、そこから放射される強烈なスポットライトで目が眩んだ。

サイレンの音が鳴り響き、大音響の拡声器越しの声が聞こえてくる。

「千葉県警です！　全員、動きを止めなさい……！」

――千葉県警…だと…？

いきなり、どうして警察がここに現れるのだろうか。

嵯峨は呆然とする。

ともあれ、絶体絶命の状況から助かったことだけは確かなようだった。

千葉県警に保護された嵯峨は、簡単な事情聴取を受けてから病院へと担ぎこまれた。

肋骨にひびが入っていたが、バンドで幅広く固定すれば、一ヶ月ほどで完治するそうだ。それと、左手首の脱臼《だっきゅう》だった。

それよりも長尾のほうが重傷で、左足首を脱臼骨折して、手術することになったという。

それでも、命には関わらないそうで安心した。

打撲がひどかったせいで数日入院することになった嵯峨は、病室で警察から詳しい事情聴取を受けることになった。その取り調べを通じて、どうしてあのタイミングで助けが来たのかという謎《なぞ》が解けた。

長尾は何もしていないように思えたのだが、実際には財務局の法務部門に以前から相談していたらしい。嵯峨がノーパンしゃぶしゃぶにつれていってやってから、一週間後のことだ。

その法務部門から警察の捜査二課に連絡が入り、座長である山根教授と住良レジデンシャルの不正について立証するための内偵が極秘で進められていたそうだ。

あの夜、嵯峨から深夜に入ったメールに添付されていたファイルにも、長尾は気づいていた。それが住良レジデンシャルの裏帳簿だと気づいた長尾は、いち早く法務部にそのファイルを転送した。石川の手下が長尾のマンションに乱入し、拉致《らち》したのはその後だったが、ドアを叩く不審な人物に気づいた長尾は携帯のメールを操作して、『未読』表示にしておき、送信の履歴も消したらしい。それが、石川を油断させることとなった。

裏帳簿のファイルを受信した法務部の担当者は、それを持って警察に駆けこんだという。その後で長尾に連絡を取ろうとしたが、長尾の携帯は電源が切られていた。桜田門から連絡を受けた巡査が長尾の自宅を確認しに行ったらもぬけの空で、荒らされた部屋の様子から警察が大がかりな捜索を開始することとなったそうだ。

長尾の行方を捜っていたとき、内偵を始めていた住良レジデンシャルの社長の自宅マンションから出て行った不審なバンが尾行され、その後、ヘリまで動かしての保護の運びとなったそうだ。

石川とその手下は、嵯峨と長尾の殺人未遂容疑で逮捕されることとなった。石川は前科がある上にヤクザだから執行猶予はつかず、しばらく娑婆《しゃば》に出てくることはないだろう。

山根教授と住良レジデンシャルの社長も逮捕され、厳しい取り調べを受けることとなった。

今回のベイサイドの国有地の取引だけでなく、以前から不正な取引をしていたのが立証され、江東区の児童養護施設の廃止の手続きも二人が組んで仕組んだことだと露呈された。

その知らせを受けて、江東区議会ではあらためて廃止の決議が正しかったのか、話し合われることになるそうだ。

新聞報道によれば、おそらく廃止はなくなるだろうという論調だった。

——よかった……。

嵯峨はため息をつく。

ベイサイドの件にからんだのは、山根教授と住良レジデンシャルの不正を洗い出すことで、江東区の児童養護施設を守りたかったからだ。

あわよくばベイサイドを競り落とし、金儲けと児童養護施設の保護という一石二鳥を狙いたかったのだが、今回の不正の発覚を受けて、競売は一時中断となっていた。

審査委員会のメンバーが選び直され、あらためて審査や競売が行われることとなるらしい。正体もバレたことだし、嵯峨がその土地を競り落とせる可能性はゼロに近いだろう。

——ま、そうはうまくいかないか。

せっかくの大儲けのネタだったのだが、児童養護施設を守れただけでも良しとすべきところだ。

退院してから何かと忙しく日々を送っている間に長尾も退院となり、リハビリもして元通りに歩けるようになったらしい。

その知らせを兼ねて、久しぶりに長尾からメールが入った。

「今度の土曜日の午後。時間があったら、一緒に出かけないか」

その文面にドキリとする。

長尾とはあの桟橋で、どさくさ紛れに告白し合ったものの、警察の事情聴取や入院などで忙しくて、二人きりで顔を合わせることはなかった。

――まさか、デートの誘いか？

互いに身体も治ったし、あらためて会うことについては異存はない。だが、デートなんて初めてで、どんな顔をしていいのかわからなかった。


今回は長尾が車を出して、嵯峨を迎えにきてくれた。どんな服装で行くべきか迷ったが、嵯峨は比較的地味なスーツ姿で決めた。ギリギリカタギに見える服装だ。これなら、『ヤクザ風』として入店を断られることはないだろう。

それよりも、長尾の私服のあまりの学生くささに笑った。

「何てめえ。ジーンズ？」

嵯峨は助手席のドアに手をかけながら、からかうように言ってみる。だけど、目は長尾に釘付けだ。どこからどう見ても平凡な男のはずだが、その姿を目にしただけで胸が弾む。世界で一番格好よくも見える。

今日は長尾とどこかに行った後、エロいことまでするのだろうか。念のため、パンツは新品だ。童貞みたいに鼓動が乱れて、落ち着かない。

「別に、ジーンズでもいいだろ」

長尾は言い返して、嵯峨の姿を上から下まで眺める。その目つきがあら探しをしているようにも思えて、嵯峨はドキッとした。

「何だよ？」

「いや。ギリギリカタギに見える」

同じ感想を抱いたのか、満足そうにうなずいてから、長尾は嵯峨を助手席に乗せて車を出した。

「どこ行くの？」

「あててみる？」

「わかるかよ」

「だったら、どこ行きたい？」

尋ねられて、嵯峨はしばし考えた。

デートにふさわしくはなかったが、行っておきたいところは実は一ヶ所だけある。このところ殺人的な忙しさで、ずっと顔を出せずにいた江東区の児童養護施設だ。

今まで一ヶ月と空けずに金を置いてきていたのに、いきなり途絶えたことで施設の人は困っていないだろうか。

だが、一人で行くならまだしも、長尾を連れていくなんて偽善者じみている。

答えないでいる間にも、長尾は車を走らせた。ハンドルを切る手つきにはためらいがなくて、どうやら行き先は決まっているみたいだ。

だからこそ、到着すれば目的はわかるだろうと思っていたのだが、行方が表示されたブルーの看板を見て、嵯峨はふと疑惑を覚えた。

――まさか……。

「てめえ、どこ行こうっての？」

「わかるだろ、そろそろ」

長尾は少し落ち着かないそぶりだ。嵯峨のほうを見ないのは、行き先を悟られて反対されたり、ぶっ飛ばされるのに怯えているからだろうか。

「まさか、俺が金を置いていくのを、てめえが目撃したっていう例の場所じゃねえよな？」

低い声で吐き捨てると、長尾は緊張したそぶりでうなずいた。

「そう。俺さ、園長先生と話したんだ。そしたら、おまえの話になってさ。園長先生、おまえのこと心配してたぞ。一度、顔を見せて欲しいって、俺に伝言寄越《よこ》したから」

「そんなこと、あるはずねえ」

嵯峨は言下に否定した。

何でそんなおせっかいなことをするのかと、むかっ腹が立つ。

あの施設は嵯峨にとっては特別な場所だ。思い出しただけで、胸が苦しくなる。決して忘れられないのに、近づくことができない。誰もいないのを見定めて、玄関先に封筒を置いてくるのが精一杯の場所。

あんなところを、いくら長尾が一緒だとはいえ、正面から訪ねられるはずがない。

何より、園長――嵯峨が知っていたころは園長ではなくて、『さくら先生』だった――が、自分のことを歓迎してくれるとは到底思えなかった。

「何で？」

呑気に長尾が言ってくるので、嵯峨はキツい口調で言ってやる。

「俺はあいつに死んじまえと言って、あの施設を飛び出した。『二度と戻るか、くそったれ』と言ってやった。そしたら、『二度と戻るな、クソガキ』って言い返されたんだ」

思い出すと、子どもじみた応酬だ。だけど、大好きだったさくら先生にクソガキと言われたことで嵯峨の心はズタズタに切り裂かれた。自分でも信じられないほどダメージを受けて、帰れなかった。帰ってくるなと言われたことは、数限りなくある。相手からそう言われるたびに、嵯峨は行き場を失っていく。

だが、そんな気持ちが伝わらないのか、長尾はギョッとしたように言ってきた。

「……まさか、それが引っかかって戻れない、ってわけじゃないよな？」

「まさかも何も、その通りだ。二度と戻ってくるなって言われたから、俺はそれを守ってる」

ムカつく相手に言われたことならいくらでも破ってやるが、そうではない相手からの言葉は胸に突き刺さる。生涯忘れられない。

「え？　けど、そんなまさか。そのときの園長先生も、ちょっとムカついただけだろ。直接話を聞いたけど、『私も若かったですから、売り言葉に買い言葉で、ホホホ』って感じだったぜ」

「え？」

嵯峨は度肝を抜かれて黙りこんだ。

記憶の中でかなり神格化されてはいたが、確かにさくら先生はそれなりにやんちゃだった。だが、嵯峨が帰国して初めて信頼できた相手だったし、安らげた場所だった。

そのころの自分のことを思うと、目眩《めまい》がしてくる。

やたらと荒れていた。暴力で自分を守ることしかできず、自分を従わせようとする職員や子どもたちに手当たり次第に手を上げた。そんな嵯峨に、さくら先生は力では負けなかった。

彼女に抱きしめられ、熱いしっとりとする胸に抱きすくめられて、涙ながらに叱られたことを覚えている。

『ここは、あんたの家なんだからね！』

嵯峨は早々にその施設を飛び出してしまったが、施設自体がなくなることを知ったとき、全力で阻止しようと思った。自分が戻ることはできないままだが、あの施設は心のふるさとだ。あそこがなくなってしまうことで、自分の心が安らぐ場所も失われるような気がして、施設を潰そうとする元凶を洗い出し、排除せずにはいられなかった。

――調べたら、あの不正が見えてきた。

不正がらみでなかったとしたら、自分はどうしていただろうか。無茶な借金を重ねてでも、施設ごと買い取ろうとしていたかもしれない。

そんなことをつらつらと考えているうちに、車は見覚えのある施設の門の中にすべりこむ。

来客用の駐車場に車を停めてから、長尾はシートベルトを外して言った。

「園長先生に会いにいこう」

「けど……」

嵯峨は車から降りられない。だが、長尾は嵯峨に手を差し伸べてきた。

「会いにいくって、すでに約束を取ってあるんだ。すごく喜んでた。さくら先生は、おまえに会いたがってる」

「本当に？」

嵯峨はそのあたりが信じ切れない。

だが、長尾が一緒に来てくれるのなら、一歩踏み出せる気がした。どんなコワモテから金を搾り取るときでも、臆《おく》したことはない。なのに、園長から拒まれることだけは不思議と怖い。

長尾と一緒に、玄関に向かった。

ドアを開けると、びっくりするほどすぐそばに園長が立っていた。

記憶にあった彼女よりも、ずっと年老いている。もっと大きく感じられていたのに、実際に目にした園長は、驚くほど小柄だった。

胸がいっぱいになって、言葉が出なくなる。

そんな嵯峨に、園長は柔らかく笑って言ってくれた。

「おかえりなさい」

その言葉に、胸が潰れそうなほど痛くなる。自分がずっと帰りたかった場所はここだと実感する。

絶句した嵯峨を、園長がそっと抱きしめた。

その胸の温かさだけは変わらない。嵯峨はその抱擁に溺《おぼ》れて、ずっと言いたくて伝えられなかった言葉を口にできた。

「……ただいま。……そして、……ごめんなさい」

――ひどいことを言って、飛び出したりして。

言った途端、今まで心を縛りつけていた枷《かせ》が吹き飛んだように、涙があふれて止まらなくなった。

嵯峨のほうが園長よりもずっと背が高くなっていたから、しがみついて泣くには奇妙なバランスだ。だけど、園長は嵯峨が泣きやむまで抱きしめ、頭を撫でてくれた。

それから、園長室で少し話をした。

金を置いていったのが自分だとあらためて言うつもりはない。園長は全てをお見通しのように思えた。

いつでもまた遊びに来て欲しいと言われ、園の経営状態を記した帳簿も見せてくれる。国の援助がかつかつなのに変わりはないが、大勢の人々が組織立って、金銭面やボランティアとして支えてくれるようになったのだと教えてくれた。

嵯峨だけが無理をしなくても、自分たちは大勢の人に支えてもらっている。だけど、可能だったら、その支える人々に加わって欲しいと付け足された。

――匿名ではなく、実名で。

顔が見える人から支えのほうが、子どもたちにとっては力になるのだと言われ、それが実感としてわかっている嵯峨は苦笑せざるを得なかった。

――かなわない。

しばらくは照れくさくて、なかなか匿名から踏み出せそうもないが、いつか実名でできるようならそうしたい。そんなふうに心の中で考えた。

施設の経営状態を知らされたことで、自分がどんなことをしてでも稼いで支えなければいけないといった脅迫観念じみた思いも消えた。

——そうか。今はだいぶ、……マシなんだ。

施設を出ると、玄関から先は邪魔をせずに別の部屋にいた長尾がつつっと寄ってきた。

「和解できた？」

「まぁな」

嵯峨はそっぽを向く。

照れくさくて、まともに長尾の顔を見られない。長尾に自分の弱点をガッチリつかまれた気分になった。

「これから、どこに行こうか」

聞かれたので、嵯峨は開き直って長尾の顔を見据えた。

「俺ンち」

ずっと懸案だった胸のつかえが消えたからには、次の希望をかなえたい。先ほどから長尾を見るたびに、ムラムラする。

鼻からフンと息を吐き出し、嵯峨は助手席に乗りこみながら言った。

「送れ」

ふんぞり返って命じる。

長尾は自分には逆らえないはずだ。

長尾はどこかに行く予定を立てていたのかもしれないが、嵯峨には逆らわずに車を走らせた。

嵯峨は赤羽の繁華街にある事務所兼住居から引っ越してはいない。

その事務所に近い路上に車を停めて、嵯峨だけ下ろそうとしたから、嵯峨は顎をしゃくってそばのコインパーキングを示した。

「寄ってけよ」

「いいの？」

「たりめーだ。ここで別れるつもりじゃねーよなぁ。久しぶりに会ったというのに」

低い声で恫喝すると、長尾は緊張した顔を見せてから、車をコインパーキングに入れた。

だが、長尾と一緒に部屋に戻っただけで、嵯峨は喉の渇きを覚えた。長尾とすると思っただけで、やたらと緊張する。

「奥の部屋に行って、適当なところに座ってろ」

給湯室兼簡易キッチンに入って冷蔵庫を開き、缶ビールを二つ出す。それを持って奥の住居スペースに向かうと、先にいた長尾が千両箱の前で立っているのに気づいた。

――何してんだ？

長尾の動きが気になって無言で見守っていると、長尾は手を伸ばして千両箱の蓋《ふた》を開く。

――あ。

そこに挟まっていた何かが気になったのか、手に取った。

引き出したのは、高校時代のアルバムだ。長尾がぱらぱらめくってアルバムの中を見始めた様子に嵯峨はそのままにしておけず、住居スペースの中に入っていく。

「てめえ。何を見てやがんだよ」

それは長尾と同じ高校に通っていたときの卒業アルバムだ。どの高校も一年と続かなかったが、請求して送ってもらったのはその一校だけだ。

嵯峨がそのアルバムを奪い返す前に、長尾の手はとある一ページで止まる。長尾と一緒に嵯峨が映っていたそのページに、開き癖がついていたからだろう。

「あ」

嵯峨が小さく声を漏らすと、長尾がしみじみとそのページを眺めた。自分と嵯峨が映っているのを確認してアルバムを閉じながら、からかうような目を向けてきた。

「嵯峨ってさ。……思ってたよりも、俺のこと好き？」

「な……」

その言葉が心に突き刺さる。平然と否定してやりたかったのに、不覚にもじわりと頬が赤くなった。

「そんなこと、あるはずがねえだろ」

そんな状態で素っとぼけても無駄だったようで、長尾はうんうんとうなずきながら、千両箱の蓋を大きく開いた。他にも、何か捜しだそうとしているのだろうか。

少し前までは千両箱の中でしか眠れなかったのに、最近はそこでなくとも眠れる。

だからこそ、千両箱の中は物入れとなっていろんなものがぐしゃっと入れられていた。それを見て、長尾が振り返った。

「最近は、ここでは寝ないの？」

——何で俺がここで寝てたのを、長尾は知ってるんだ？

そのことに引っかかったが、嵯峨は顎をしゃくった。

「ああ。寝ねえよ」

「だったら、今はどこで寝てんの？」

そんな呑気な会話が交わされるのに耐えきれず、嵯峨は長尾に詰め寄ってその襟首をつかんだ。

「てめえの横」

言うなり、嵯峨のほうからキスを仕掛ける。

経験の浅い長尾を、今度こそはリードして翻弄《ほんろう》してやるつもりだった。なのに、長尾の舌に自分の舌をからませているだけで、下肢があり得ないほどゾクゾクしてくる。

淫らに吸い上げたり、舌の表面を擦り合わせていると、すぐに覚えた長尾から同じことを返されるのが憎たらしい。

長尾からのキスに酩酊《めいてい》して、なかなか唇を離せずにいると、どちらが自分の唇なのかわからなくなるほどだった。それほどまでに感じきる。

「っは」

ようやく唇が外れて、嵯峨の唇の端から唾液が滴った。それを追って、長尾の唇が移動していく。

顎から首筋に舌を這わされて、のけぞった身体が大きく震えた。嵯峨が反応することで長尾はどんどん大胆になって、首筋から顎にかけて、興奮した犬のように何度も唇を往復させてくる。

長尾の舌の動きを肌で感じ取るたびに、嵯峨は過敏なほど震えずにはいられなかった。全身から力が抜けていく。

だが、長尾に主導権を渡すわけにはいかず、その顔を両手で引き剝がし、横柄に命じた。

「服を脱げ」

言うだけではなく、嵯峨もてきぱきと自分の服を脱いでいく。

だが、引き締まった上体が露わになるや、長尾にタックルされるように薄いマットの上に押し倒された。

「てめえ！」

前回も確か、こんな展開だったような気がする。

「すごい色っぽい」

長尾に耳元で囁かれ、胸元に手を伸ばされた。耳朶に唇が触れ、吐息がかかっただけで、そこから鳥肌が走って力が抜けていく。

——何だこれは。

自分はこんなにも、敏感ではなかったはずだ。

なのに、長尾の手が触れている部分から、ぞわぞわと戦慄が走る。胸元に手が触れているだけで、そこが尖っていく。乳首に顔が移動していくと、嵯峨は息を呑まずにはいられなかった。

「ツン……っ」

乳首など、普段は全く意識もしないところだ。

なのに長尾の唇が大切なものに触れるように口づけ、舌先で円を描《えが》くように転がすと、いたたまれないような痺れとともにそこがキリキリと硬くなっていく。

長尾が硬く尖った粒にしゃぶりつき、音を立てて吸うと、それだけで身体の熱が一気に上がった。

「……っ」

いつにない甘い感覚に身体を突っ張らせると、長尾が感慨ひとしおといったように告げた。

「敏感だよな、ここ。前も思ったけど」

――いつもは、こんなんじゃない……！

そう言い返したいが、長尾の唇がそこから離れないとまともに声を発することも難しい。

長尾は乳首の弾力が楽しいのか、それとも触れるたびに嵯峨がびくびく震えるのが楽しいのか、たっぷりそこを舌でもてあそんで、なかなか離してくれない。

片方だけではなくて、もう一方にも長尾の指が伸びた。

小さな突起を尖らそうとするように、指先でくるくると弄《いじ》り回される。

触れられるたびに快感が身体の芯に流れこみ、嵯峨は小さく息を呑まずにはいられなかった。

「ツン、……っは、は……」

こんなのは自分じゃない。

乳首でこれほどまでに悶《もだ》えさせられるなんて冗談ではない。経験の浅い長尾を余裕でリードし、たっぷり感じさせてやることで、決して自分から離れられないようにしてやろうと考えていたのに。

——だけど、これじゃ反対だ。

どうにか形勢を逆転させたいのに、乳首に触れられると嵯峨はその感覚をやり過ごすだけでいっぱいいっぱいになってしまう。

長尾の指が硬く尖った乳首を、ぐりっと爪で引っ掻いた。

「っん、ァ！」

びくっと胸元が反ると、乳首を指先で慎重につまみ上げられる。その小さな粒をくいっと引っ張られて、嵯峨は喘ぐように顎を上げずにはいられなかった。

「ぁ、……ッン……っ」

そのままくにくにと、突起を指先で押し潰され、それに合わせて乳首を吸い上げられる。

両方の乳首から流れこむ甘ったるい電撃に感じすぎて、頭が真っ白になる。

一番感じるのは、歯に乳首を挟みこまれて、くいくいと引っ張られるときだった。そんなふうにされると、嵯峨はじっとしていることもできずに、長尾の下で身悶える。足の先にまで力がこもった。

「っぁ、……ッは、……っん、ん……っ」

それに気をよくしたのか、長尾がより熱心に舌先で乳首を転がしてくる。膝が立ち、長尾の腰を挟みこんで腰が揺れる。

「はっ」

長尾も嵯峨とこうすることで感じているのか、息を乱しているのが伝わってきた。その息づかいに、嵯峨も感じる。

薄目を開けて、長尾を見上げた。

こんなふうに自分が一方的に責められることなど、長尾以外では許容できない。だけど、長尾がこんなふうに自分を欲しがってくれることが伝わるだけで、たまらない快感を覚えた。

長尾が望むのなら、どんなふうにでもしてやりたい。

だが、早くしごいて欲しくてたまらないぐらい、下肢は熱く張り詰めていた。長尾はその状態に気づかないのか、まだ足りないとばかりに反対側の乳首にしゃぶりついた。

「っぁ！」

びくっと胸元が反り返る。

指でしか弄られていなかった乳首を舌先で転がされて、その気持ちよさに腰がせり上がりそうになる。

早くイきたくて仕方がないのに、こんなふうに焦《じ》らされることで苦しさが快感と化して、血が沸騰していく。

「っぁ！」

指で弄られていた乳首を不意に嚙まれ、ビクッと震える。かすかな痛みが逆に快感を募らせ、そこにジンと疼きがわだかまる。

嚙まれたことで、乳首にますます感覚が集中して、身体が焦れた。また嚙まれたいのに舐め続けられることに焦れて、ついにねだった。

「っもっと、……噛め……っ」

言った途端、乳首に歯が食いこんで痛みが走る。だが、そのまま引っ張られると、すぐに強い快感へと変化した。

「っ……もっと」

ねだると、反対側の乳首をつまみ上げている指にも力がこもる。興奮したのか、強く乳首を引っ張られ、同時に噛まれて嵯峨は喘いだ。

軽く噛まれたり、舐められたり、強く引っ張られたりされ続け、乳首だけでも達しそうなほど身体がビクビクする。

それに必死で耐えていると、長尾の手が下肢にまで落ちてきた。

先ほど自分で脱ごうとしたものの、その前に長尾にタックルされて下は着たままだ。服の上からその形が浮き出すほど硬くなったペニスをまさぐられて嵯峨は大きく震えた。

「っぁ」

長尾の手をそこに感じるだけで、達しそうになる。だけど、脱がされる前にイかされるなんて勘弁で、言わずにはいられなかった。

「脱がせろ」

長尾の手がそこから外れ、服をむしり取られて下着だけにされた。

さっさとそれも脱がして欲しいのに、長尾の長い指先は下着越しにペニスを揉み上げてくる。先端から染み出す蜜が、下着に染みを広げていくのがわかって恥ずかしい。先端の感じる部分をてのひらでグイグイと刺激されて、嵯峨は熱い息を漏らした。

「ッン、……っは、は、は。だから、……脱がせろって……言ってるだろ」

言いながら焦れったさに膝で長尾の腕を挟みこんだ。

前回、味わった後孔の快感が蘇り、早く長尾が欲しくてたまらない。

嵯峨は自分で下着を脱ぎながら、長尾の首の後ろに手を回し、大好きなその唇に熱烈なキスをかました。

何だか感情が昂《たか》ぶっていて、そうせずにはいられなかった。

口づけながら体勢を入れ換えて、長尾を組み敷く。すでにぎんぎんに昂ぶっているペニスを、口づけながら長尾の身体に擦りつける。動物のように発情しているのがわかっていても、自分ではもはや止めようがない。

たっぷり長尾の口腔内を舌で掻き回して、息を切らしながら顔を上げると、長尾が嵯峨の腰を両手でつかんだ。

「舐めて……いい？」

「え？」

「ここ。……きつかったから」

それが自分の後孔を指すのだと理解した途端、ぞくっと身体の熱が上がった。一瞬の隙を狙って長尾は嵯峨の太腿をつかみ、うつ伏せに組み敷いてくる。

「っあ」

足の狭間の恥ずかしい部分を、長尾のてのひらが開いた。

長尾の視線が、その敏感すぎる部分に強く浴びせかけられる。見られているだけで痺れが走り、腿が小さく震える。

「……ひくついてる、ここ」

長尾の顔が、さらにそこに近づいた。吐息を窄まりに吹きかけられ、異様な感覚にそこがぎゅうっと締まった。

次の瞬間、生温かい感触が吸いついてくる。窄まりをこじ開けようとするように舌が突き刺さるたびに、痺れるような快感が背筋を駆け上がる。

「っぁ、……っあ、あ、あ……っ」

ぞくぞくとしすぎて、嵯峨はどうにか腰をそこから逃がそうとした。だが、がっちりと抱えこまれていてかなわず、舌先が自在にその部分を這いまわる。

吸いつかれている入口から奥のほうまで、ジンと襞が溶けたように疼き出すと、唇はそこから少しずれて、狭間をなぞって袋のあたりまで手当たり次第に這いまわった。その感覚がぞくぞくと背筋を溶かし、早く中に刺激が欲しくてたまらなくなった。びくびくと尻《しり》や太腿を痙攣が突き抜ける。

長尾は指で嵯峨のそこを外側から引っ張るようにして、尖らせた舌先で穿《うが》った。

「っぁ、あ、……っん、ん……っ、入って……く…る……っ」

括約筋《かつやくきん》をぬるぬると舐められて、恥ずかしさに頭が灼ける。なのに、舌が抜き差しされるたびに、理性がどこかに消えていく。

たっぷりそこを舐め溶かしてから、指が体内に押しこまれてきた。

ひどく太く大きく長く感じられる指で襞を掻き回され、引きつれるような感覚とともに、ぞくぞくと全身の毛が逆立つような快感があった。

息が詰まるような充溢感《じゅういつかん》とともに押しこまれた指が、今度は襞をからみつかせながら抜かれていく。指が往復するたびにより強くなる快感に、嵯峨はひたすら耐えなければならなかった。

「っぁ、……っぁ、あ……っ」

中に力がこもるたびに、指と襞が擦れて頭が飛ぶような痺れが生まれる。

「っん、ん、ん……っ」

そこに指があるだけで、喘ぐ以外に何もできなくなる。長尾の思うがままに身体をもてあそばれるのは、快感でもあった。

最初は指が動くだけできつくてたまらなかったのに、時間とともにだんだんとその締めつけが和らいでいく。中が溶け、快感が勝る。

奥から絞り上げるような締めつけが生じたとき、長尾が頃合いだと見計らって指を引き抜いた。

「そろそろ、いいかな」

その言葉に、どくんと鼓動が高まる。

腰を抱え直され、さんざん嬲られた小さな窄まりに長尾のものが押しつけられるその圧迫感に、嵯峨は息を呑んだ。

「っふ」

すでに口を閉じることができないほど、感じきっていた。

ぐりっと入口が押し広げられる気配に、ぞくっと震えて息を呑むと、さらにそこに圧力がかかる。なかなか括約筋が開ききらず入らないのに、焦れて自分から腰をグイと押しつけると、大きく入口を押し広げながら硬いものが入ってきた。

「ぁあ……っ！」

予想以上に開かれる衝撃に、腰が逃げそうになる。

だが、嵯峨は必死に深呼吸した。息を吐き出したそのとき、またぐっとより深く入れられる。

「っは、……っぁ、あ……ッン……っ」

長尾のその存在に、粘膜が内側から灼かれていく。ある程度の深さまで入れられると、あまり力を入れることができなくなり、嵯峨はなすがままにそれを根元まで受け入れることしかできなくなった。

「っ……ぁあ……っ！」

途中で引っかかったのか、長尾が軽く腰を引いた拍子に、カリが嫌というほど嵯峨の体内をえぐる。思わず悲鳴が漏れた。

「少し、……緩められない？」

長尾のほうも苦しいのか、声を上擦らせながら尋ねられて、嵯峨は首を振った。

「無……理」

これでも精一杯力を抜いているのだ。

締めつけに耐えかねて長尾が腰を小刻みに揺するたびに、それが快感として襞にじわりと伝わる。

もっと奥へと引きこもうとするように、襞が蠢いた。

「っん、ん……っ」

抜き差しを繰り返しながらどうにか根元まで押しこんだ長尾は、大きく深呼吸するなりあらためて腰を使い始めた。受け入れるだけでもキツい大きなものが、襞をからませて引き抜かれていく衝撃に肌がぞわぞわと粟立《あわだ》つ。ギリギリまで引かれたものを体重を乗せて押しこまれ、摩擦で襞が灼けた。

「っあ、あ…ん、……っあ……」

最初はゆっくりだったものの、次第に長尾の動きがなめらかになっていく。

引かれて押しこまれるたびに、足先まで痺れるような重苦しい快感に全身を支配される。動きに合わせて腰が揺れ、力をこめた足の間で腹に付きそうなほど猛った性器から先走りがぬるぬるとあふれ出した。

唇は開きっぱなしで、自分がどれだけ恥ずかしい顔をしているのかわからない。向かい合っていないから、こんな顔を見られなくてよかった。

最初は指一本ですらきつかった部分が、次第に柔らかく溶けて長尾のものを深くまでくわえこむ。

「つぁ、……っぁ、あ、あ……っ」

抜かれるたびに襞がペニスにからみつき、どんどん絶頂へと追いこまれていく。張り出したカリに道をつけられる快感に、唇が震える。

途中で長尾は体位を変えて、嵯峨の身体をあおむけにひっくり返した。大きく足を割られ、嵯峨はその膝を長尾の腰にからみつける。

さらに長尾は、のけぞった嵯峨の胸元でぷっつりと尖っている乳首に誘われたように口を押しつけた。

乳首に歯を立てられ、そのまま動きに合わせて引っ張られ、気持ちよさにハァハァと喘ぐ。すでに限界がすぐそばまで迫っていた。

「っぁ、……っも、……ッイク……っ」

乳首を引っ張られるたびに、腰がせり上がり、長尾のペニスをぎゅうぎゅうと締めつける。自分の口から出ているとは思えないような甘ったるい声が耳につき、どうしてこんなになるのかわからないほどに感じていた。

「っぁ、……っあ、ん、ん…、嵯峨……っ」

長尾のほうも限界が近いのか、がむしゃらに腰を打ちつけてくる。

奥に伝わるその先端の衝撃を受け止めきれずにビクンと身体が跳ね上がったが、それすら今の嵯峨には快感を増すスパイスでしかなかった。

「っふ……」

忘我の時間が続く。

たっぷり擦り合ったその果てに、とどめを差すように押しこまれた長尾のものが、中でどくんと脈打った。

「っぁあああ！」

かすれた声とともに、自分の体内でしぶいたのがわかった。その脈動を感じた途端、嵯峨も今まで必死でこらえていた枷が吹き飛んで、絶頂へとたどり着く。

「っぁ、あああああ……っ」

腰が上下に打ち振られ、長尾のものを締めつけながら射精していた。性器から吐き出される精液の勢いに、頭の中が真っ白に染まる。

力が抜けてのしかかってくる長尾の身体を抱きしめながら、嵯峨も目を閉じた。互いの荒い息が遠く聞こえる。

——気持ち……良かった……。

何より、長尾が愛しくてたまらない。

快感の余韻に、時折ひくりと中が蠢く。そのたびに、ぞくっと苦しいぐらいに感じた。

まだ抱擁を解かないまま長尾を見ると、唇の表面をぺろんと舐められる。鼻を擦り合わせるようにして、またキスを始めていた。

身じろぐたびに、まだ奥に残っている長尾のものが襞と触れて、新たな火がつけられそうになる。

辛いのに、ずっと長尾とつながっていたいほどだった。

だけど、いつにないピークの高さに、急速に意識が失われていった。

「……寝てい……？」

嵯峨の瞼《まぶた》は、あまりの重さに閉じていく。

ずっと千両箱がなければ眠れなかったのに、長尾のそばなら眠れる。

ようやく見つけた、安心できる場所だった。

くったりした嵯峨から引き抜いてから、長尾がその身体を愛しげに抱き直すのがわかった。

そっと髪を撫でながら、独り言のように囁かれた。

「獣って、……人のそばじゃ眠らないよな」

——何だと？

思わぬことを言われて、嵯峨は眠さに声が出せないながらも、心の中で問い返す。

——どういうことだよ？

自分は野生の獣だとでもいうのだろうか。だけど、言われてみればそんな気もする。守ってくれる人も場所も、ずっと持たずにきた。

だけど、そんな嵯峨に長尾は言ってくれる。

「いくらでも眠れ。……起きるまで、そばにいるから」

肩に毛布をかけてくれる男のぬくもりを感じながら、嵯峨は意識を手放す。

千両箱の代わりの、安心できる寝床。

ようやく、そこにたどり着いたようだった。

平凡すぎる俺だけど

待ち合わせの場所に近づいてくる嵯峨《さが》に気づいた途端、長尾《ながお》はその姿から目を外せなくなった。

ラフなジャケットに両手を突っこみ、肩をそびやかすようにして歩いてくる。どこか威圧的な姿なのには変わりがないが、長尾と出かけるときにはそれなりに気をつかってくれているようだ。

闇金《やみきん》まがいの仕事をしているときの、ヤクザめいた格好ではない。これくらいのおとなしいソフトスーツを着ていると、嵯峨の美貌《びぼう》が一段と引き立つ。

――もともとめちゃくちゃ美形だからな。まともな格好をしていれば、なおさら。

何しろ身体《からだ》のバランスがいい。

色の白い肌に、男っぽく削《そ》げた頬《ほお》のライン。獣じみた輝きを放つ双眸《そうぼう》に、すっと伸びた鼻梁《びりょう》。男としてのフェロモンに満ちた、野性的な姿だった。

ノーマルだった自分が、どうして男と恋仲になっているのか考えれば考えるほどわからなくなるが、男が好きなわけではなくて、嵯峨という人間に惚《ほ》れたんだと思う。時折ドキリとするほど人恋しげな表情を浮かべることのある、元同級生に。

この容姿に加えて非凡すぎる人生を送ってきたらしい嵯峨が、逆にどうして自分を選んでくれたのか、その基本的なところが、よくわからないままだが。

――嬉《うれ》しくは、あるんだけど。

何せ高校時代から、ずっと忘れられなかった相手だ。自覚はなかったが、おそらく自分はあの当時から嵯峨に魅了されていたのだろう。

だが、非凡な嵯峨が自分を選んでくれたのは、自分が平凡すぎるからだと思うことにする。

——人って、正反対のものに惹《ひ》かれるって聞くし。

近づいてきた嵯峨が、長尾の前で止まった。

じろりと威圧するようににらみつけてから、口を開く。

「腹減った。何か食わせろ」

嵯峨と付き合い始めて二ヶ月ほどが経過していたが、こんなときに漏らす言葉は驚くほどストレートだ。

今はひどく空腹らしい。食事するのが面倒《めんどう》で、待ち合わせの時刻まで我慢していたものの、空腹がピークに達したのだろう。

獣じみた、ぎらつく空気を発散している。

公務員である長尾の仕事が終わる時間に合わせて、池袋の駅前で待ち合わせていた。大勢の人々が行き交う駅構内だが、嵯峨にこんな気配を放たれると、獣の扱いに慣れてきた長尾ですらおそろしくなる。あわてて、店の方向に足を向けた。

「わかった。じゃあ、すぐに行こう。予約してある。おいしい店だから、気に入ると思うよ」

「予約？」

「今日は、特別な日だろ」

獣をなだめるように言うと、嵯峨は考えこむように視線をぐるりと巡らせた。まるで何も思い当たらないといったその態度に、長尾は思わず笑ってしまう。

「もしかして、今日が何の日だか、わかってない？」

「何の日だ？」

おうむ返しに問い返されたが、長尾はすぐには答えず、大勢の人々の間を縫うように歩き始めた。予約してあるフレンチレストランまで、駅から五分足らずだ。大通りを抜け、人のいないほうへと路地を歩いていく。

その間、ずっと嵯峨は答えを捜していたらしい。

店のドアに手をかけたところで、いきなり背後から言われた。

「もしかして、今日は俺《おれ》の誕生日か？」

「正解」

店のドアを開けた途端、バターが焦げたようなおいしそうな匂《にお》いがふわりと漂う。池袋はどこも人が多いが、ここは狭い路地に面したこじんまりとした店だ。時間が早かったが、店内はそこそこ客で埋まっている。

今日は、嵯峨の誕生日祝いのディナーだ。十歳のときに両親を海外でマフィアに殺され、それから家族運に恵まれなかったという嵯峨に、ささやかな幸せを味わわせてやりたい。何しろ誕生日というのは、恋人同士にとって貴重なイベントだ。

そう思って、しばらく前から店探しをしていた。

ものすごくおいしいわりに料金はリーズナブルだったから、ここなら長尾は安心してフルコースのディナーと、シャンパンをボトルごと頼むこともできる。

サプライズの誕生日祝いだと予約のときに店に伝えてみたら、デザートのときに花火つきのケーキを出すかと提案されていた。

――花火つき？

そのようなベタな演出はいらない。嵯峨が恥ずかしがって暴れると断りそうになったが、長尾は「待てよ」と電話口で考えこんだ。

嵯峨は意外と、喜んでくれるのではないだろうか。

――ってことで、お願いすることになったんだよな。

吉と出るか、凶と出るか、まだ未知数だ。せっかくの誕生日だから、それなりに特別な演出をしたい。だが、ベタすぎてやはりおそろしい。

女性スタッフに案内されて、二人は奥の個室に向かった。その最中にも、長尾はチラチラと嵯峨を見てしまう。

――……可愛《かわい》いんだよな、嵯峨。どこか、人の好意に慣れていないような反応が。

悪意には悪意で、好意には好意で返すといった生き方をしてきたらしい。たまに曲解されることもあるが、説明すれば大抵わかってくれる。だからこそ嵯峨には嘘《うそ》をつかず、ありのままの自分で接していたつもりだった。

そんな長尾に、嵯峨のほうも少しずつ心を許してくれているようだ。何かと会う機会も増えているし、セックスも重ねてきている。肌を合わせていれば大丈夫だと思っているわけではないが、嵯峨のあのときの表情を思い出すだけで、長尾の胸には甘ったるい思いが満ちた。

――たぶん、あんな顔を見せるのは、俺だけ。

ずっと狭い場所でしか眠ることができず、最近までずっと特注の千両箱で眠っていた嵯峨だ。そんな嵯峨が、安心して眠れる場所を提供できる相手になりたい。

果たして自分は、そのような存在になれるのだろうか。

――大丈夫。……こないだも、可愛い顔をして俺の横で寝てた。

スタッフがシャンパンをグラスに注ぐのを、二人で眺める。それを終えて退出するなり、長尾はグラスをつかんだ。

「……お誕生日おめでとう。乾杯」

グラスを合わせると、いい音がした。

嵯峨はどこかくすぐったそうにシャンパンを口に含んで、肩をすくめる。

「祝われるのなんて、久しぶりだな。おまえなんて生まれてこなければよかった、って言葉は、嫌というほど浴びせかけられてきたけど」

そんなふうに言いながらも、嵯峨の口元に微笑《ほほえ》みが浮かんでいるのを見て、長尾はホッとした。

「誕生日のパーティとか、やったことある？」

「ああ。俺、けっこうお坊ちゃんな生まれだったからな。海外でなら。家でパーティ開いてた。ピエロが来てさ、近所のガキども大騒ぎで、盛り上がって」

「ピエロかぁ」

嵯峨はあまり自分のことを話したがらないが、それでもたまにぽろりと漏らしてくれる過去を長尾は記憶に刻みこむ。

「ピエロ来て、どうだったの？」

「持ってた水鉄砲で、撤退するまで攻撃しまくった」

「怒られただろ？」

「ブチ切れて、ピエロのほうが俺に反撃してきた。あのころは、甘やかされ放題のガキだったな」

やんちゃな子どもだったようだ。そのころから、嵯峨の本質は今でもあまり変わっていない気がする。幼いころはさぞかし、人目を惹く目鼻立ちの子どもだったはずだ。

「そのころの写真とかないの？　嵯峨のちっちゃいころの写真、見てみたい」

「ねえよ。そんなものは、一切合切」

突き放すように言われたが、それでも写真の一枚ぐらいはありそうだ。いつか、嵯峨にそんな写真を見せてもらえるだろうか。

——やっぱ、同居したいな。

今は互いの家に行ったり来たり、の付き合いだが、おはようからおやすみまで、嵯峨の全《すべ》てを見ていたい。外で会ったりするときとはまた違う、嵯峨のいろんな内面を知りたい。

長尾はついつい同居する家を探すべく賃貸情報誌などを見てしまうこともあるのだが、人慣れない猫のような嵯峨と、一気に距離を詰めるのは難しそうだ。

——だけど、……今日はちょっと一歩踏み出してみる。

決意を新たにしたところに、前菜が運ばれてきた。

一口ずつにしてはややボリュームのある色とりどりの前菜が、綺麗《きれい》に盛りつけられた皿が目の前に置かれる。

スタッフの女性が詳しく説明しようとしたが、空腹だったらしい嵯峨は、いきなりフォークをつかんで食べ始めていた。

長尾は苦笑して、スタッフに伝える。

「お腹空《なかす》いてるらしいから、可能だったらこの後のも早めに持ってきてくれる？」

「わかりました」

スタッフは説明を諦《あきら》めて、退出する。

嵯峨はがつがつ食べている途中で、フォークを止めて長尾を見た。

「うまいな」

そんなつぶやきとかすかな笑みを見ただけで、長尾は満足する。ここに連れてきて良かった。自分の分も食べる？　と皿を差し出しかけたところで、早くもスープが運ばれてきた。

グリンピースの何とかという、緑色をしたやたらとおいしいスープだ。生クリームらしき白い液体がマーブルになっていて、口をつけるとコクとうまみが広がる。

スープまで一気に飲んだところで、嵯峨はとりあえず落ち着いたようだ。

ふう、と息をついて、長尾の前菜の皿をのんびり食べている。

嵯峨の口に合うだろうかと心配だったが、満ち足りているようだった。

——最近、嵯峨が機嫌がいいときと、悪いときの区別がつくようになったような。

スープを口に運びながら、長尾もそのおいしさを味わう。

嵯峨は無表情なことが多いのだが、ご機嫌のときにはその鋭い眼差《まなざ》しが和らぐ。そんな嵯峨を見ているだけで、長尾まで幸せになる。

――もっとおいしいもの食べさせてやったり、旅行したりもしたいよなぁ。

男二人の食事や旅行は、どこまで世間的に許されるものだろうか。だが、嵯峨は他人がいるところでは長尾にも素っ気ないから、人目を気にする必要はないかもしれない。

さして待つことなく、魚料理の皿が運ばれてきた。

野菜の上に綺麗に並べられた白身魚の切り身は、外側はぱりぱりしていて中はふっくらと柔らかく、大変においしい。料理を食べている最中は、二人とも無言になってしまうほどだ。

さらに間を開けずに運ばれてきた肉料理は、量もたっぷりあった。

フォアグラがトッピングされている牛フィレ肉のグリルはうますぎるほどで、食べ終わったときには長尾はかなり満腹になっていた。嵯峨はどうかと、様子をうかがう。食事時間が不規則らしい嵯峨は、ものすごく食べるときと、食べていないときの落差が大きいからだ。

だが、何も皿に残さずに食べ終えた嵯峨が、幸せそうについた深いため息によって、とても満足しているのが伝わってきた。

「まんべんなくおいしいな」

主語がなかったが、その言葉に長尾もうなずいた。

魚や肉といったメインの食材がおいしいのはもちろんのこと、付け合わせの野菜までとてもおいしい。

「ああ。どれも、すごくおいしかった」

スタッフも感じがよく、すっと現れて消えるから邪魔にならない。

嵯峨がリラックスしているのを感じながら、長尾はプレゼントを差し出すタイミングを探っていた。

――ええと、……サプライズのバースディケーキが……出てきた後にしようかな。

二人ですでにシャンパンを一瓶空けて、いい具合にアルコールも回ってきている。

まずはコーヒーが運ばれてくる。そのときに、次のサプライズの準備はいいかと、スタッフが目配《めくば》せしてきたのに気づいて、長尾はさり気なくうなずいた。

椅子《いす》に座り直してドキドキしながら待っていると、不意に部屋の灯《あか》りが消える。長尾は心の準備ができていたので動揺はなかったが、嵯峨のほうから、ガタッと椅子を鳴らしたような物音が聞こえてきた。

――ん？

何かが暗闇の中で、移動しているような気配がする。

そのとき、ドアが開いた。

花火を突き刺したデザートの皿が、スタッフ二人によって運ばれてくる。ハッピーバースディの歌つきだ。

そのとき、向かいに座っていたはずの嵯峨がドアのすぐ脇《わき》の壁沿いまで移動していて、あと少しで彼らを襲撃しようとしている姿が、花火の光にうっすらと浮かび上がった。

「ちょっ！」

思わず、長尾は声を上げた。

長い間、修羅の中で生きてきた嵯峨は、いきなり電気が消えたことで敵襲だと勘違いしたのだろうか。

大惨事が引き起こされる前に、長尾は叫んだ。

「大丈夫！　サプライズサプライズ……！」

「……っ」

嵯峨もすぐにそのことに気づいたらしく、硬直したスタッフを一瞥《いちべつ》して、無言で椅子に座り直した。

だが、その手にフォークが握られていたのを、長尾は見た。

そんな嵯峨の前に、震えるスタッフの手によって派手《はで》に火花を散らすケーキの皿が置かれた。

ハッピーバースディの歌は中断されたままだったが、スタッフは花火が燃えつきると大仰に拍手して花火の燃え残りを綺麗に抜き取り、灯りをつけて一礼してから、部屋から消える。

嵯峨は好物のティラミスがたっぷりと盛られたデザート皿と長尾の顔を交互に眺めてから、地を這《は》うような低い声を漏らした。大好物のはずなのに、すぐには手をつけない。

「何だよ、今の」

――ヤバい。

ぞくりと、長尾の背中に戦慄《せんりつ》が走った。

嵯峨が常に危険に身をさらしていることは、長尾も巻きこまれた住良《すみよし》レジデンシャルの一件で理解したつもりだった。警察が気づいて助けに来てくれなければ、あと少しで二人とも鱶《フカ》の餌《えさ》になるところだったのだ。

「ごめん。……ちょっとサプライズのつもりで」

今回は花火だったからよかったものの、この分ではへたに爆竹なども鳴らすこともできないだろう。ヤクザの出入りかと勘違いされそうだ。

「――誕生日だからさ」

そう付け足してから、長尾はテーブルの下で握りしめていた小さな包みをそっと嵯峨の前に押し出した。

「これ。……プレゼント」

「え？」

「開けてみて」

このプレゼントで、嵯峨の機嫌が戻ってくれるのか、それとも決定的に亀裂《きれつ》が入るのか、長尾には判別がつかなくてやたらと緊張する。

どんなプレゼントなら喜んでくれるのかとさんざん考えたが、選んだのは嵯峨が好きなブランドのキーケースだった。

今まで持っていたものがだいぶへたってきたから、そろそろ新しいのを買い直さなくちゃな、と嵯峨がぼやいていたのを覚えていた。しかもそのキーケースは空ではなく、長尾の部屋の合鍵《あいかぎ》までしっかりセットしてある。

「ん？」

「開けてみて」

どんな反応をされるだろうかとドキドキしながら、綺麗にラッピングされた包みを開く嵯峨の表情を長尾は見守った。

軽く女性と付き合ったことはあっても、それ以上の経験はない。こんなふうにどっぷり恋に落ちたのも初めてだから、合鍵を渡すのももちろん初めてだ。

同棲《どうせい》しようと強要するほどの意図はまだなく、単に自分の家に好きなだけ入り浸っていいという意思表示のつもりだったが、何だか緊張する。

合鍵には特別な意味がこめられているのかと正面から尋ねられたら、否定するべきだろうか。

——いや、否定することはない……よな。ええと、……なりゆきで同居まで、持ちこんでもいいぐらいだし。

ドキ、ドキ、ドキと鼓動が大きくなっていく。

嵯峨は包みを開いた瞬間に、「お」とつぶやいた。

キーケースを箱から取り出したときに、すでに合鍵がセットされているのに気づいたらしい。

だけど、何の鍵かは尋ねてこない。これが長尾の部屋のものだと、わかっているのだろうか。気になって、嵯峨から目を離せない。

だが、嵯峨が無言で自分のキーホルダーを取り出し、鍵を付け替え始めているのを見れば、どうやら使ってはくれるようだ。

——良かった。

長尾はほっと一息ついた。

そのとき、嵯峨がぼそっとつぶやいた。

「俺のも、今度、合鍵渡す」

——え。

それだけで、長尾は天国に行ったような幸福感がこみ上げてくるのを感じた。嵯峨の部屋というのは、事務所も兼ねた赤羽《あかばね》の雑居ビルの一室のことだろう。嵯峨がいないときにうかうかとあの部屋に踏みこんだら待ち伏せの襲撃に遭いそうだが、自分が自室に入りこむのを嵯峨は許してくれるのだろうか。

——そこまで、……俺は信頼されてるって、……思っていい？

ジンと胸が熱くなった長尾に、嵯峨が付け足した。

「たまに無くすからな。おまえが持っていてくれれば安心だ」

——ん？

何か長尾が思っていた反応とは違うが、それは嵯峨特有の照れ隠しだと思うことにする。

無事にプレゼントが手渡せたことで肩の荷が下りた気分になり、長尾は手つかずだったデザート皿にようやくフォークを伸ばすことができた。

ここはティラミスが評判の店だ。

甘みを抑えたティラミスにはナッツや果物がたっぷりと添えられていて、香ばしくておいしい。

嵯峨には自分の三倍ぐらいの大盛りを頼んであったが、気に入ってくれただろうかと様子をうかがうと、ひどく満足気に最後の一口を頬張るところだった。

コーヒーを飲み終えて、二人は店を出る。

「この後、……うち来ない？」

長尾は誘ってみた。

そのつもりで、酒もつまみも準備してある。

「ん」

嵯峨がうなずいてくれたのに有頂天になってから、駅に向かっていたそのときだ。

並んで歩いていた嵯峨が、不意に足を止める。

——あれ？

嵯峨の表情がいきなり険しくなっているのに気づいて、長尾はその視線の先を追った。

通りすがりの店から出てきたのは、人目を惹くほど存在感のある長身の男だった。

大企業の社長のような高級そうなスーツを身につけており、部下らしき男を背後に従えている。だが、男たちのガタイの良さや雰囲気は、どうにもカタギには見えない。

男の顔立ちもなかなか整ってはいたが、目つきが鋭すぎる。

——ヤクザ？　それとも……。

長尾がとまどいながら観察していると、その男はこちらに視線を巡らせた。嵯峨に気づいた途端、親しげに口元をほころばせた。

それから、ゆっくりとこちらに近づいてくる。

——え？　知り合い……？

長尾は狼狽した。

路上でヤクザやその類《たぐい》に遭遇したときの対処法など、長尾にはわからない。

嵯峨はその男にガンを飛ばしているだけで、動かなかった。

口を開いたのは、男のほうが先だ。嵯峨の前で立ち止まり、楽しげに話しかける。

「てめえと、こんなところで会うとはな。相変わらず、ふるいつきたいようなシャンだ」

——シャン？

嵯峨を舐《な》めきったセリフに、長尾まで緊張する。

凶暴な嵯峨を下手に刺激したら、一発で地面に沈められることだってあり得る。嵯峨は自分の顔立ちについて、女性的だとか言われることが地雷だと知っていた。それでも、ただ息を呑《の》んでことのなりゆきを見守ることしかできないでいると、嵯峨は凍りつくような冷ややかな声で返した。

「俺は、てめえとなんて二度と会いたくなかったよ」

それだけ言って、嵯峨はフンと鼻を鳴らす。

この男とそれ以上話すつもりはないのか、そのまま歩きだした。その背に、男は追いすがるように声をかけた。

「待てよ。——せっかく東京に戻ったんだ。一度、挨拶《あいさつ》しに来やがれ」

その声には、ぞくりとするほどの迫力がこめられていた。

挨拶しにこなかったら、てめえをとんでもない目に遭わせる。そういった脅しが、そのセリフにはこめられているような気がする。

嵯峨でもさすがに無視できないのか、足を止めて男のほうに顔を向けた。

だが、発したのはその男にも負けないぐらい迫力のある拒絶の声だ。

「誰が。二度と、てめえの世話になんかならねえ」

——ん？

そのセリフに、長尾は引っかかる。

つまりは一度は、この男の世話になったということだろうか。

——世話ってどんな？

男は不敵に微笑んだ。

「そうはいかねえだろ。てめえが、一人で商売できるなんて思うなよ」

嵯峨はもはや完全に男を無視するつもりになったらしく、何も答えずに長尾に向けて顎《あご》をしゃくった。

「ほら。……行くぞ。てめえの部屋で、飲み直すんだろ」

「え。……ああ」

長尾はすくんでいた足を動かして、歩き出した嵯峨の背を追おうとする。だが、男の前を通り抜けようとしたとき、肩をぐっとつかまれた。

「……っ！」

その腕にこめられた思いがけないほど強い力にびくついて顔を向けると、男は長尾の耳元で低く囁《ささや》

いた。

「あいつは、……まだ乳首が弱いのか」

——な……っ。

長尾は絶句した。

嵯峨がそこが弱いと知っているということは、この男はかつて嵯峨と身体の関係があったということを意味するのだろうか。

——以前、こいつと……？

そう思っただけで、ぞくりと背筋が粟立《あわだ》つ。男から目が離せなくなる。

嵯峨はさほど慣れてはいないようだったが、長尾が初めてではなかったようだった。

男がどんな立場の人間だか忘れて、嵯峨との間にどんないきさつがあったのか聞こうとしたそのとき、いらだったように嵯峨に怒鳴られた。

「長尾！　何してんだ、行くぞ……！」

「え、あ、……うん」

男が肩から手を離したので、長尾は小走りで嵯峨の後を追う。

嵯峨は長尾が追いついたのを見るなり、また歩き出した。早足の嵯峨に取り残されないようにしながらも、長尾は気になって男のほうを振り返らずにはいられない。

すぐそばの道に、直立した舎弟がずらりと並ぶ黒塗りの高級車が停《と》められていて、男はその車に乗りこむところだった。

——やっぱり、ヤクザだ。しかも、親分クラス。

ゾッとしながら、長尾はやっと嵯峨に追いついて尋ねた。

「今の人、知り合い？」

「何でもねえ」

不機嫌剝《む》きだしの口調だったから、これ以上刺激してはならないと、長尾は直感的に理解する。それでも、一呼吸置いて尋ねていた。

「だけど、東京戻ったとか、挨拶しに来いとか」

それらのセリフは、以前から知り合いだったことを示唆している。本当はそれ以上の関係もあったのか尋ねたかったが、そこまでは口に出せない。

嵯峨は信号で立ち止まると、長尾に向き直ってネクタイをわしづかんだ。

「——いいか」

顔を近づけながら、声を押し殺す。にらみつけてくる目が、本気で怖い。

「あいつは、広域指定暴力団、八重垣組《やえがきぐみ》の若頭の八重垣だ。関《かか》わったらろくなことはねえ。絶対に近づくな」

——八重垣組の若頭？

その言葉に、長尾はあらためてゾッとした。八重垣組と言ったら、日本でも三指に入るほどの巨大な広域暴力団だ。ヤクザとは全く縁のない長尾ですら、ニュースなどで耳にして知っているほどの組織だった。

「八重垣組の八重垣ってことは、親がそこのボスとか？」

「あいつの親は、会長だ。今の組長は八重垣の身内ではないが、あいつはそこの跡継ぎとも見なされているらしい。ろくでなしだけどな」

考えただけで、目眩《めまい》がする。

「そんな男に、嵯峨は世話になったことがあるの？」

尋ねると、嵯峨は長尾をど突くようにしてネクタイから手を離した。信号が青になったのを見て、横断歩道を渡り始めた。

「昔、……どうしようもねえ状況に追いこまれて、仕方なくあいつに頭を下げたんだよ。今の俺なら、そんなドジ踏むことはねえが。……それから、組に入れだの、何だのとうるせえ。俺のほうも、あいつがバックにいると匂わせたほうがいいときもあったし、大金が必要なときには用立ててもらうこともあったけど、今はあまりにも面倒なので、縁を切ってる」

「あいつ、しばらくこのあたりにいなかったの？」

嵯峨がピリピリしているのを感じ取りつつも、しつこく質問せずにはいられないのは、若頭との関係がどうしても気になるからだ。

嵯峨は辟易《へきえき》としたように、にらみつけてきた。

「うるせえよ。あいつはしばらく、組の都合で関西に飛ばされていたようだな。二度と戻ってこなけりゃよかったのに」

嵯峨が若頭を嫌っているのはそのセリフからも明らかで、長尾はホッとする。

だが、これだけでは終わらなさそうな、嫌な予感がしてならなかった。


「ふ……」

シャワーを浴び終わってから、嵯峨は頭にタオルを引っかけたまま、長尾のアパートにある冷蔵庫を開き、そこにあった缶ビールを抜き取った。

立ったまま濡《ぬ》れた髪を拭《ぬぐ》い、開栓して喉《のど》に流しこむ。

――くはっ。最高。

喉が渇いていただけに、ひどく生き返る。

今日は嵯峨の誕生日の翌日だ。昨夜は長尾と外で食事をし、長尾の部屋で飲み直して、セックスした。

まだ腰に違和感はあるものの、充足したような感覚はある。全身に長尾の指や舌が触れたときの感覚が残っていた。

夜中にふと目を覚まし、身体のべたつきが気になって、長尾を起こさないようにベッドから抜け出して、シャワーを浴びたところだ。まだ夜明けには、少し間があった。

嵯峨はビールを飲みながら、手持ち無沙汰《ぶさた》にダイニングキッチンをうろつく。長尾がいるのは2LDKのアパートで、一室は寝室に、あと一室はこたつや座椅子のあるテレビ用の部屋に使っている。

テーブルの上に置かれた書類を、見るともなく眺めた。

長尾は仕事が忙しいときには、こうして自宅に仕事を持ち帰ることもあるようだ。昨夜は仕事などさせなかったが、このところ忙しいのかもしれない。

目についたのは、暴力団排除条例についてのもろもろのパンフレットだった。条例成立以来、自治体での取り組みが盛んになっているようだが、長尾の仕事においても何か影響が出ているのだろうか。

——そういや、前の事件でのお手柄を見こまれたらしくて、何かとトラブルを持ちこまれるってぼやいてたような。

嵯峨は椅子に座りこんで、資料を手に取ってみる。

長尾は国有財産の売却についての仕事を行っていたはずだが、財務広報相談室から相談を持ちかけられると言っていた。

財務広報相談室とは、近隣の住民からの相談に応じる相談窓口だそうだ。多重財務で悩んでいる人や多重債務、不正な銀行口座など、さまざまな電話がかかってくるという。

『——闇金で困ってるんなら、俺が相談に乗ってやるぞ』

そんなふうに、自分が応じたのを思い出す。

何せ闇金なら、嵯峨は本職だ。

嵯峨は一般の人に金を貸すことはなく、闇金を逆に利用するような訳ありの相手や、他《ほか》の闇金では借りられないヤクザものしか相手にすることはない。闇金のやり口なら、知りつくしている。

何か困ったことがあるのなら、長尾を手伝ってやってもいい。

そう思いながら、嵯峨はテーブルに散らかっている書類に目を通していく。

暴力団排除条例を中心に、それに関連する法令や暴対法などの資料にいろいろアンダーラインが引かれていた。長尾が勉強した跡なのだろう。

さらには、長尾が協力を求められているらしい事案のコピーまであって、嵯峨は思わずそれに見入っていた。

——ええと、貸しビル業をしているA社の社長が、財務局に泣きついてきたんだな。A社は長年、B社にビルを貸していたが、B社は近年家賃を滞納。その家賃を支払えと要求したが、B社は家賃を支払うどころか、ビルごと暴力団に又貸しをして、その暴力団は事務所として使用し始めた。A社は泣き寝入りの状態だったが、最近の暴力団追放運動の後押しもあって、警察と財務局に相談を持ちかけた、と。……なるほど。よくある流れだな。

だが、嵯峨が引っかかるのは、B社がフロアを又貸ししたという暴力団の名前だった。

——八重垣組。……八重垣組と、長尾のいる財務局か。何だか、気になる関わりだな。

広域指定暴力団である八重垣組は組員の数も多く、全国の繁華街には大抵事務所がある。今回のはたまたまの一致だろうが、八重垣がこの件に長尾が関わっていると知った場合は、妙なことを仕掛けてくる可能性もないとは言えない。何せ数時間前に、八重垣と顔を合わせたばかりだ。

——あいつ、しつこいからな。しかも、やり口が粘着質。

八重垣が自分にひどく執着していることは、以前から感じ取っていた。

かつてはその気持ちを利用して、窮地から逃れたこともある。だが、本気でヤバいと知ってからは、距離を置くことに決めた。

何せ、あの男は厄介だ。

都合よく関西に行くことになったから逃れられた気でいたものの、まだ自分を諦めていないのだろうか。

――諦めてないんだろうな。昨日の、あの様子からしても。

嵯峨は自分の勘を、大切にするほうだった。勘を研ぎ澄ませることで、今まで一匹狼《おおかみ》でやってこれたとも言える。

――長尾に、あのとき、何を言ったのかも気になる。

八重垣が目の前を通り抜けた長尾に、何か言っているのを見た。気になって電車の中で尋ねたが、長尾はどうしても口を割ろうとはしなかった。

嵯峨はジンジンと疼《うず》くような乳首を、そっとなぞる。

昨夜はやたらとそこばかり攻められた。もともとひどく乳首が感じるほうだったから、とても悦《よ》かったと言えなくもないが、長尾の態度が独占欲に満ちているようだったのが気にかかる。

八重垣に長尾が挑発されたような気がしてならない。

――何だろうな。気になる。……やっぱ、長尾に手ェ出される前に、八重垣と一度、話をつけておくか。

嵯峨本人に関する干渉だったら、どんな嫌がらせをされたとしてもかまわない。だが、長尾に手出しされたら厄介だった。公務員だから、ヤクザと関係があると周囲の人間に思われただけでも、仕事しにくくなるだろう。しかも、最近はやたらと暴力団排除の風潮が高まっている。

――俺だけならまだしも、長尾にちょっかいかけることだけは許さねえからな。

今日にでも八重垣のところに押しかけようと、嵯峨は心に決めた。


八重垣に会うためには、昨日出会った池袋に行けばいい。

その繁華街に八重垣組の大きな事務所があったし、そこにいなかったとしても若頭の居場所ぐらい組員は把握しているだろう。

ヤクザの事務所に乗りこむときには、さすがに嵯峨でも緊張する。守ってくれる相手は、誰《だれ》一人いないからだ。いつでも、二度とここから出てこられなくなるような恐怖を感じる。

だが、嵯峨はビルの前でぐっと腹に力を入れた。

それから、恐怖など全く感じていないような顔をして、門番代わりの舎弟に横柄に声をかける。

「若頭はいるか？」

返事よりも、嵯峨が重視するのはそのときの相手の表情だ。即座に「いる」と判断した嵯峨は、返事も聞かずに腕を突っ張ってドアを閉めさせないように固定し、その前を通り抜けた。

「入るぜ」

一言だけ言い捨てて、堂々と中に入る。

足を止めたら、引き止められる。

そんなことはわかっていた。あくまでも自然に、偉そうにふるまうのが嵯峨の流儀だ。

一瞥で事務所の構造を把握し、ためらいもなく奥に進む。広い室内には大勢のヤクザスーツ姿の組員がたむろっていたが、その雰囲気に自然に溶けこめたのか、声をかけられることはなかった。

二部屋ほど横切った後で、幹部室だとおぼしきドアを蹴《け》り飛ばすようにして開く。そこには忠義だの愛国だのと墨痕《ぼっこん》鮮やかに記された掛け軸が下げられており、美術品扱いにしているらしき日本刀や木刀がこれ見よがしに飾られていた。

いかにも極道の部屋だ。

一般の人間だったら、この部屋に案内されただけで恐怖のあまり何でも要求を呑むしかなくなるだろう。その効果を、最大限に狙《ねら》った内装とも言える。

その奥の巨大なデスクに、八重垣が陣取っていた。彼はドアが乱暴に開いたことに一瞬だけとがめるような顔を見せたが、嵯峨の姿を見て楽しげに喉を鳴らした。

「早かったな」

その言葉に、嵯峨はやはり八重垣が何かを仕掛けようとしていたことを悟る。嵯峨がこの事務所にやってくるのがもっと遅かったら、長尾に手出しするつもりだったに違いない。

嵯峨は無言でその巨大な机に詰め寄った。どっかりと、机に片膝《かたひざ》をかけて座ってから、横柄に声をかける。

「あいつに、何をした？」

今朝も、どこか長尾の態度が変だった。嵯峨に何かを聞きたいような態度に見えたから、こちらから水を向けてやったのに、それでも口を割ることはなかった。

――長尾に、何を言ったんだ？

何せ、臑《すね》に傷のある嵯峨だ。

過去にはいろいろやらかしている。その相手はヤクザや悪人ばかりだったから、金をぶんどったところでさして良心の呵責《かしゃく》は覚えない。それでも長尾の判断基準からしてみれば、引かれることもあるだろう。

八重垣はその言葉に、いたく満足気な表情をした。

「まだ何もしてねえよ。だけど、俺がその気になりさえすれば、あの公務員を潰《つぶ》すのは簡単だ。てめえみたいな半端モンと親密に交際をしていることが明らかになっただけで、お役所の人間としてみれば、微妙な立場になるだろうな」

その言葉に、嵯峨の眉《まゆ》が不穏に跳ね上がった。

やはり、八重垣は長尾のことを調べている。昨夜、ちらっと会っただけなのに、長尾が公務員だと知っているぐらいなのだから。

「てめえと一緒にすんな。俺は暴力団でもねえし、暴力団員の『密接交際者』でもねえ」

「ハタから見りゃあ、一緒だよ。あの兄ちゃん、財務局に勤めてるんだって？　財務局とは、貸金業を管轄する役所だ。てめえの闇金を見て見ぬふりをしてるってだけで、お役所では大問題になることを忘れんな」

「……っ」

どしりとした声で言われて、嵯峨は唇を噛《か》んだ。言い返せないのが、ひどく悔しい。

そのことを忘れていたわけではなかった。

長尾が自分の仕事について見て見ぬふりをしてくれていることに、後ろ暗さをずっと覚えていた。

それでも長尾と恋仲になった喜びのほうが勝って、目を背けてきた。

だが、こんなふうに突きつけられると、自分の存在が長尾を破滅させるという事実が身に染みてならない。

そんな嵯峨を見据えながら、八重垣が机を回って近づいてきた。

何か身の危険を覚えた嵯峨は机にかけた膝を下ろし、すぐそばの壁際まで下がる。距離を詰めた八重垣が、いきなり嵯峨の顔の横に腕を突っ張った。

「……っ！」

長身の嵯峨よりも、さらに上背のある八重垣だ。壁に追い詰められ、そんなふうに身体を寄せられただけで威圧感があった。だが、嵯峨は動揺を見せることなく、キツい目で八重垣をにらみ据えた。

「あいつにふざけたことをしたら、ただじゃあおかねえからな」

八重垣はことさら身体を寄せるようにしながら、甘く囁いた。

「口だけの話じゃねえ。てめえがしてきた不正の証拠も、てめえとあの公務員が仲良く親密な交際をしている写真も、すでに一式揃《そろ》えてある。それをあの長尾とやらに突きつけてやったら、自分の立場とてめえと、どっちを選ぶだろうな」

そんな質問を突きつけられて、嵯峨は言葉を失った。

長尾はおそらく自分を選ぶはずだ。反射的に、そう思う。だからこそ、マズい展開だった。自分のせいで長尾が職を失ったり、この男に弱みを握られるようなことがあってはならない。

そんな嵯峨の表情の変化を余裕のある笑みとともに見守ってから、八重垣は少し恨めしそうに目を細めた。

「てめえは誰のものにもならないんだと思ってた。だからこそ、束縛するのは諦めていたというのに、あんな平凡そうなのと一緒になるとはな。あいつのどこがいい？」

嵯峨はその言葉にムッとする。

長尾のことを、他人にとやかく言われたくなかった。長尾のいいところは、何より嵯峨が知っている。他人に知ってもらう必要はない。

「てめえには、関係ねえ。あいつに手出ししても、てめえには何の得にもならねえからな」

「得も何も、俺はてめえが欲しいだけだ。――いつまでも一匹狼なんてしてねえで、俺のものになんな。これから警察の締めつけも厳しくなって、生きにくくなる。俺が守ってやる」

その言葉に、ぞわっと鳥肌が立った。この男は、何を勘違いしているのだろうか。

「てめえに守られるなんざ、虫酸《むしず》が走る」

嵯峨は間近に突きつけられた八重垣の顔を、無造作に手で押し返そうとした。何かと八重垣が身体を近づけてくるのが、鬱陶《うっとう》しくてたまらない。自分の男としてのセックスアピールをしたいのだろうが、嵯峨にとっては暑苦しいだけだ。

だが、八重垣は嵯峨の手首をつかみ、強く壁に押しつけた。

「断られるわけにはいかねえなぁ」

その声に、嵯峨は本気の響きを感じ取った。

八重垣は極道の若頭だ。

生まれたときから、欲しいものは何でも手に入れてきた男だ。その八重垣が、唯一手に入れられないものが嵯峨なのかもしれない。

八重垣が若頭になったのは、生まれだけではなくその素質も見こまれたのだと聞く。数々の修羅場をくぐり抜けた男の迫力が、その全身から漂っていた。

だが、嵯峨にもそれなりの修羅場をくぐり抜けてきたというプライドがある。本気で手出しをしたら許さないつもりで、腹に力をこめた。

「あいつにだけは、迷惑かけんな」

その言葉が、八重垣を刺激したのかもしれない。その秀麗な顔が不意に歪《ゆが》んだ。

「その身体に、しっかり叩《たた》きこんでやろう。てめえが誰のもんだか」

その言葉とともに、顔のすぐ横にもう片方腕を突かれる。そこに意識を奪われた瞬間、嵯峨は足を乱暴にすくわれて、壁に肩を打ちつけながら崩れ落ちていた。

「ッ痛……！」

続けざまに頭も壁に打ちつけ、動けずにいるうちに、足首を引っ張られて床に組み敷かれる。警戒してはいたものの、完全に虚を突かれた。

「ぐっ……！」

全身にずしりと覆い被《かぶ》さってくる筋肉質の身体の重みに、前回、八重垣に抱かれたときのことが鮮明に蘇《よみがえ》る。

その身体から漂う汗とタバコが混じった匂いと、あのときのどうにもならなかった絶望感が、嵯峨の頭を真っ白に染めていく。

八重垣に顎をつかまれ、首を圧迫されながら、肩口に顔を埋《うず》められた。その重い身体をはねのけられずにいるうちにネクタイを抜き取られ、首筋に舌を這わされる。

そのぬめっとした舌の感触に、嵯峨は嫌悪感を覚えた。チリッとした痛みが走ったのは、濃厚な痕跡を刻まれているからではないだろうか。

——そんなところに、跡をつけられたら……！

長尾に妙な誤解をされかねない。

長尾のことが頭をかすめた途端、嵯峨の体内に爆発的な力が生み出された。

一瞬力を抜いたことで油断したらしい八重垣の股間《こかん》目指して、嵯峨は鋭く膝を突き上げた。それは阻止されたが、間髪いれずに振り上げられた嵯峨の拳《こぶし》は、がつっという音とともに八重垣の顔に吸いこまれた。

痛みが、嵯峨の拳にも返ってくる。

「っつ！」

八重垣がその衝撃にふらついた拍子に、嵯峨は渾身《こんしん》の力をこめ、八重垣の身体を自分の上から叩き落とした。八重垣はひどく強いから、拳が入ったこの一瞬が唯一のチャンスだ。この隙《すき》を逃すまいと、必死になる。

腹に続けざまに蹴りを叩きこみ、完全に戦闘能力を奪ってから、ネクタイを結び直しながら取るものもとりあえず部屋から足早に出て行く。

——マズい。

その意識が、嵯峨の頭に灼《や》きついていた。

最期に振り返って見た八重垣は、手で口元を覆っていた。そこから血があふれていた。嵯峨の拳もジンジンと痛むぐらいだったから、歯が折れるほどの反撃になったのかもしれない。

——だけど、容赦するほどの余裕はなかった。

反撃の手を緩めたら、嵯峨はすぐさま八重垣の下に引きずりこまれていただろう。前回は、何をしても逃げられなかった恐怖が、身体に染みこんでいる。

だが、さすがに極道の若頭に、ここまで容赦のない反撃をしたらただではすませられない。八重垣の顔面にしばらく傷が残ることになったら、メンツを守るためにも報復せずにはいられないはずだ。

顔面を殴るのは、一番マズいやり方だった。だが、あれしか方法がなかった。

——あいつのせいだ。……いきなり押し倒そうなんてするから。……だが、……マズったな。

焦燥が、嵯峨を落ち着かなくさせる。

奥の部屋から八重垣が一言命じさえしたら、嵯峨はこの事務所から出て行けなくなる。奥の部屋に引きずりこまれ、大勢が見守る前で死ぬほどのヤキを入れられるか、抑えつけられて犯されることとすらあるだろう。

だからこそ、八重垣が声を発するよりも前に、ここから脱げ出さなければならない。

何でもないふりで事務所を横切り、やっとのことで外に通じるドアをくぐり抜けたときには、全身が冷や汗で濡れていた。

だが、油断できずにすぐに角を曲がってから路地を小走りで走り抜け、大通りでタクシーを拾う。後はできるだけ早く、ここから離れなければならない。

嵯峨はタクシーの後部座席に乗りこんでようやく、自分の身体が小刻みに震えているのに気づいた。

「はっ」

思わず、そんな自分を笑う。ひどく怯《おび》えていたらしい。手で自分の顔を覆った。

強がってはいても、極道がどれだけおそろしいかは身に染みている。彼らは独特の価値観で動く。集団となったときの冷酷さを考えただけで、背筋が凍る。

――面倒なことになった……。

このまま、八重垣は引っこんでくれるだろうか。極道のプライドというのは、ひどく厄介だ。それなりの報復を、覚悟しておかなければならない。

赤羽でタクシーを降り、嵯峨は事務所へと向かった。

このまま、事務所に戻っていいのかという不安もある。舎弟に命じれば、嵯峨を事務所から引きずり出すのは容易だろう。

だが、自分の身の安全よりも、長尾のことのほうが気になった。

嵯峨を追い詰めるためには、その本人よりも長尾にちょっかい出すほうが効果的だとあの男は知っている。極道の嫌がらせというのがどれだけのものなのか、嵯峨は理解していた。

ややもすれば、自殺まで追いこまれる。

長尾が標的にされたら、たちまちのうちに退職まで追いこまれ、心まで不安定にされるかもしれない。

——八重垣は、……どこまでするつもりだ。

ガランとした無人の事務所に入りこみ、灯りもつけずに嵯峨は考える。

今まで一人だったたから、こんなふうに思い悩むことはなかった。自分のしたことの始末は自分でつければよかったが、長尾まで巻きこむとなると事情が違ってくる。

答えが出ずにいたそのとき、携帯が鳴った。

自分が金を貸している相手からの、返済延期の連絡かと思いながら、嵯峨は携帯を取り出す。そこに『長尾』と表示されているのを見て、あわてて着信ボタンを押した。

「——どうした？」

すでに、八重垣からの嫌がらせが開始されているのかと思うと、肝が冷える。だが、聞こえてきたのは、まるで緊迫感の感じられない声だった。

『あ、俺。今、昼休みでさ。……その、……嵯峨が、どうしてるかと思って』

時間を見れば、正午を少し回ったところだ。さすがに、まだ何も仕掛けられてはいないのだろう。

だが、長尾への嫌がらせが始まるのも、時間の問題かもしれない。

「どうもこうも、……何もしてねえよ」

『お昼食べた？　嵯峨って、いつも何を食べてるの？』

長尾の声は、ひどく間延びして平和に響く。

長尾からこんなふうに、昼間に電話がかかってきたことはない。何気ない電話を装ってはいたが、やはり自分に何か聞きたいことがあるに違いない。

だからこそ、話しやすいように口調を緩めてみた。

「まだ何も食ってねえよ。ところで、何だ？　俺に聞きたいことがあるんだったら、怒らねえから言ってみな」

図星だったらしく、長尾が息を呑む気配が伝わってきた。

喋《しゃべ》るまで辛抱強く待っていると、しばらくしてから長尾が意を決したように言ってきた。

『——昨日。……会った人と、……前に付き合ってた？』

昨日会った人というのは、八重垣のことだろう。やはりろくでもないことを長尾に吹きこんでいたんだと知って、嵯峨は腹を立てる。

——しかも、付き合ってただと？

付き合ってなどいない。八重垣との間に身体の関係はあったが、一度きりだ。愛情など欠片《かけら》も存在しない、苦痛なだけの行為だった。

——あいつ、何を吹きこみやがった……！

八重垣へのいらだちを感じながらも、「怒らないから」と言った手前、嵯峨は可能なかぎり穏やかに聞き返した。

「何でそんなことを聞くんだ？」

今、嵯峨の心には長尾への思いだけしかない。長尾と付き合うことになって、初めて安らぎというものを知った。誰かに大切にされるくすぐったさと同時に、合鍵を渡されたことで帰る場所があるという安堵《あんど》感に心が満たされた。

長尾のことを大切にしたい。

長尾に危害を与えるヤツがいたら、ぶっ殺してやる。

なのに、それがめちゃくちゃにされつつある。八重垣のせいで。自分のせいで。

『いや、……あのね』

長尾は何やら言いにくそうだ。

そんな長尾の声を聞きながら、嵯峨はふと思わずにはいられなかった。

長尾は今、広域指定暴力団である八重垣組に狙われて、危険な立場にある。

長尾を守るためには、嵯峨のほうから距離を保つしかないだろう。八重垣が何を仕掛けてくるのかわからない危険な状態を、このままにしておくわけにはいかない。

八重垣も別れたと知ったら、これ以上長尾に手出しはしてこないはずだ。それしか、長尾を守る方法はない。

「――別れようか」

思いがけないほどするりと、その言葉は口から出た。それと同時に、もう二度と長尾とはやり直すことはできないかもしれないという恐怖が、ずしりと背中にのしかかってくる。

——やっちまった……。

苦々しい思いが、胸にあふれる。だけど、口に出してしまったからには、なかったことにすることはできない。

恋愛感情は、繊細なものだ。

もし何の憂いもなくなってから、これは嘘でしたと説明することができたとしても、一度冷めた気持ちを取り戻せない場合さえある。だからこそ、本気で別れを切り出したのに似た痛みが、嵯峨の胸をキリキリと締めつける。

『な、何で？　俺が妙なこと言ったから？』

電話の向こうで、長尾が焦っているのが伝わってきた。長尾にとっては、寝耳に水の出来事なのだろう。こんなふうにいきなり別れを切り出されるとは、思ってもいなかったに違いない。

嵯峨は深呼吸してから、声が震えないように告げた。

「てめえが何を言ったところで、関係ねえよ。……単にてめえに、飽きた」

『あ、飽きたぁああ？』

胸が引き裂かれそうにズキズキ痛むのを感じながら、嵯峨は言い聞かせるように言葉を継ぐ。

「ああ。たまにも変わった相手もいいだろうと思って、平凡な公務員に手ェ出してみたが、さして楽しくもなかった。やっぱ時間も金も自由にならない相手だと、面倒なだけだ。しかも、……あっちの相性も、さして良くないと来てやがる」

長尾が未練を残して自分につきまとうようなことがないように、嵯峨は思いつくかぎりの致命的な別れの理由を並べてみる。

——本当はそうじゃねえ。

心の中で叫んでいた。

平凡な幸せに勝るものはなかったし、長尾の都合に合わせていろいろと調整するのも楽しかった。しかも長尾との身体の相性は、さりげに最高だ。思い出すだけで、身体が疼く。

——だけど、……許せ、長尾。

長尾は絶句しているのか、返事はない。ただ、息づかいが乱れているのがわかった。

そんな長尾への愛《いと》しさがこみ上げてきて、嵯峨の声は残酷なほど柔らかくなった。

「気がつかなかったのか？ 俺が、不満をためこんでたの？」

長尾が泣き出しそうな声で、答えた。

『……気がつかなかった』

当たり前だ。不満など何も無い。長尾と一緒にいるときには、嵯峨は自分を取り繕うことを忘れていたし、できるだけ素の感情で接していたと思う。

長尾のその声に目の奥がツンとするのを感じながら、嵯峨は瞼《まぶた》を伏せた。

「だったら、仕方ねえな。だけど今ので、俺がてめえと別れたい理由が理解できただろ？」

長尾のことが好きだ。好きすぎて、嵯峨のほうも泣きそうになっている。だけど、好きだからこそ今は距離を置かなくてはならない。長尾を守るために。

長尾はそれでも納得できないらしく、一呼吸置いてからすがるように尋ねてきた。

『やり直すわけにはいかないのか？　嵯峨が気に入らないことがあったら、必死で直すから』

こんなことを言ったというのに、長尾が関係を修復しようとしてくれているのが、狂おしいほどありがたい。直接長尾を前にしていたら、嵯峨は嘘を貫き通すことができなかっただろう。それほどまでに、今の嵯峨の表情は歪みきっている。

――電話でよかった……。

瞬《まばた》きとともに涙が頬を伝うのを感じながら、嵯峨は声が震えないように注意して返した。

「わかるだろ。……無理だよ」

口にした途端、先日長尾からもらったばかりのキーホルダーのことが不意に頭をかすめた。合鍵をもらったことで、いつでも家に来ていいと告げられている気がした。

どれだけそれが、嬉しかったかわからない。態度には出さなかったつもりだが、有頂天だった。だけど、自分のようなハンパ者が幸せになれるはずもない。今回の件がなかったとしても、自分は長尾といずれ別れることになっていたのだろう。嵯峨の稼業が続くかぎり、このようなトラブルが何度繰り返されるかわからない。

そのたびに振り回して疲弊させるよりも、長尾は平凡でも幸せな家庭を築くほうが合っているのかもしれない。

長尾の返事をこれ以上聞くことはできず、嵯峨は耳から携帯を離して通話を切る。長尾からかけ直されないように、電源を落とした。

そうしてから、信じられないほど涙が頬を伝っているのに気づいて、手の甲で乱暴に拭った。

「ふ……」

長尾との関係を断ち切った途端、全身から力が抜けていく。立っているのも億劫《おっくう》に感じられて、嵯峨は事務所の椅子にへたりこむ。

胸が空っぽだった。

こんなふうになったのは、過去のツケが回ったせいだ。仕方ないと割り切ろうとしているのに、頬を伝う涙は止まらない。絶望的に追い詰められたときよりも、ハンパにぬくもりを感じているときのほうが涙というのは出るのだと思い知らされる。

——幸せになれるような気がしてた。

それは、幻想でしかなかった。

大切な居場所を失ってしまった喪失感に、感情までごっそりと自分の中から抜け落ちたようだった。

嵯峨は全ての気力を失って、寝床代わりの千両箱の中に潜りこもうとする。

しばらくこの中では眠っていなかったから、荷物入れのようになっていた。中に入っていたものを乱暴に引き出して布団を敷き、毛布をかぶって蓋《ふた》を閉じる。

外で何かが起きても、ここに入ってさえいれば安心だった。狭くて暗い、自分だけの空間。両親を殺したマフィアでさえも、この場所には気づかない。

嵯峨は目を閉じ、身体を丸めて何も考えないようにして眠る。

頭のどこかが痺《しび》れていた。いつかこんな結末が来ることを、自分は知っていたような気がする。

だけど、長尾のそばにいるのがひどく心地よかったので、こんな終わりがくることから目を背けてきた。

——長尾……。

長尾だけは嵯峨のことを、色眼鏡《いろめがね》で見なかった。他の人とは何かが違った。どんなに威嚇《いかく》しても逃げるどころか近づいてきたし、嵯峨が欲しいものをくれた。ぬくもりを。居場所を。そして、抱きしめてくれた。

——だけど、……俺が悪いんだ。俺のせいで、全てぶち壊した。

嵯峨は長尾に抱きしめられたときの感触を思い起こしながら、眠りに落ちていく。

狭くて暗い千両箱の中は落ち着くのと同時に、幼いころの恐怖の記憶を蘇らせた。何度も思い出させることで、何もできなかった自分を罰し続けているのかもしれない。

夢の中で、嵯峨は幼い子どもに戻っていた。

千両箱の外側では、マフィアが家中を歩き回っている足音がする。銃声や怒鳴り声に硬直して、嵯峨は隠れ場所から出ていくことができない。

——早く出て、……父《とう》さんと母さんを…助けなくちゃいけないのに……!

必死でそう思う。外には両親がいる。もし二人が撃たれていたとしても、早く助けを呼んだら助かるかもしれない。

焦りばかりが募るのに、恐怖に硬直した身体は動かず、息をするだけでも精一杯だ。

また、銃声が響き渡った。

その銃弾に、嵯峨は自分が撃たれたような痛みを覚えて、声もなく涙を流す。ここから絶対に出ないと、父と約束した。だけどその約束を守るのも、ここから出て行くのも両方とも辛《つら》い。

このままでは、自分は大切な両親を永遠に失ってしまう。その悲しみと絶望に息ができなくなって、苦しさのあまり喉がヒューヒューと鳴り出した。

「――あ。……ぁあ、……あ……っ」

必死で呼吸をしようとうめいているのに気づいた瞬間、嵯峨は不意に目を覚ました。

何も見えず、真っ暗な狭い場所にいる。

自分はまだ眠りの中かと思った。だが、腕を突っ張ると、触れたのはざらついた木でできた千両箱の蓋だ。そこを押し開けると、見慣れた灰色の天井が見えた。嵯峨は上体を起こして、外の空気を吸う。

空気は生ぬるく、呼吸が楽になった感じがしない。何だか胸が痛くて、心も身体もひどくだるかった。嵯峨はゆっくりと呼吸をすることだけに、集中しようとする。

そのとき、自分が泣いていることに気づいた。

頬を伝う生ぬるい涙の感触に、自分の中にここまでの人間味が残っていたことに驚く。長尾と別れることにしてから、泣いてばかりだ。両親を失ってこのかた、情を忘れて生きてきた。

やたらと忌み嫌われたことや、罵声《ばせい》を浴びせかけられたことばかり、よく覚えている。

――ろくでもねえガキだった。

そんな嵯峨を、長尾だけは拒絶しなかった。やたらと長尾のことばかり、思い出してしまう。

自分のどこが気になったのかわからなかったが、同じクラスに転校してきた嵯峨を、長尾が見つめてくるのに気づいていた。最初はガンをつけているのかと勘違いしたものの、どうやらそうではないらしい。

どこかボーッとしていて覇気がなく、穏やかに友達に接している長尾は、自分とは異質の存在に思えた。

――幸せな家庭に育って、何の悪意にもさらされていないような。

長尾のことを思い出すたびに、胸がズキズキと痛む。それでも、考えずにはいられない。嵯峨は幸せな記憶に浸ろうとする。

そんな長尾に大人になってから再会し、競売の物件がらみで命がけで救われるとは思わなかった。ましてやその後付き合うようになり、誕生日まで祝われることになるなんて、世の中というのは不思議な巡り合わせでできている。

――誕生日の、……料理は、とてもおいしかった。

長尾がやたらと自分を喜ばせようとしてくれているのが、伝わってきた。おいしいものを他の人と食べたときには、その後のデートでそこに連れていってくれるし、土産として買ってきてくれることもある。

そんな好意を素直に受け取ることもできず、憎まれ口ばかり叩いてしまっていたが、そんな嵯峨のどこを、長尾が気に入ってくれたのかわからない。

長尾のことが気になってたまらないのに、素っ気ない態度しか取ることができなかった。照れ隠しでしかなかったのだが、その奥に潜む気持ちまで、長尾は読み取ってくれただろうか。長尾が寄り添ってくれたことで、どれだけ嵯峨が救われてきたかわからない。

――俺を、……助けてくれた人。

ズキズキと胸は痛み続ける。

世界からはみ出していた嵯峨に、長尾は日常の幸せというものを教えてくれた。長尾に抱きしめられたり、ふんだんにキスを与えられた翌日は、何だか世界が幸福に満ちているようにすら感じられた。誰かを大切にしたり幸せにすると、その感覚が返ってくることも知った。

――俺を、……人間に戻してくれた相手。

かつての自分は、餓えた獣のようだったと思う。世界が荒涼とした砂漠のようにしか見えておらず、その中で他人を蹴落として金を儲《もう》けることしか考えられなかった。

――だけど、……俺は長尾を失った。

そう思うと、嵯峨は自分がこの先、どう生きていったらいいのか、わからなくなる。また自分は、荒涼とした社会で一人で戦いを挑まなければならないのだろう。だけど、かつての獣には戻れないような気がしてならない。

この先、自分がどれだけ金を儲けたとしても、長尾のそばにいたときほど満ち足りた気持ちを覚えることはないはずだ。

――だったら、……どうすればいい？

嵯峨は考える。

長尾のことを思うだけでとめどなくあふれていく涙を拭うために、片手で顔を覆った。

こんなふうに自分が泣くなんて、信じられない。だけど、胸にぽっかりと穴が空いたままだ。

何かを変えなければいけないはずだ。

だが、それが何なのか、嵯峨にはまだわからないでいる。


いきなり嵯峨からフラれた長尾は、そのショックを引きずっていた。

自分が平凡で、面白《おもしろ》みのない人間だという自覚ぐらいある。かつて付き合った女性と長続きしなかったのも、おそらくそのあたりが原因だろう。

それでも、嵯峨は自分の平凡なところを気に入ってくれたんだと思っていたのだが、全ては錯覚だったのだろうか。

「は……」

やたらとため息ばかりが漏れた。

仕事中の昼休みにフラれたから、午後の仕事はさんざんだった。どうすればやり直すことができるのかと必死で考えたが答えは見つからず、仕事が終わるなり赤羽にある嵯峨の仕事場に会いにいった。

——せめて、……ちゃんと顔を合わせて別れがしたい。

だが、事務所のドアは固く閉ざされ、いくらインターホンを押しても反応はなかった。だからこそ、冷却期間とばかりに数日おいて土曜日にまた会いにいったのだが、長尾は更なるショックを受けた。

——引っ越してる……！

ドアには鍵がかかっていて中は見えなかったが、不動産業者による空室の表示が出ていた。気になって道路から窓越しに内部を眺めてみたが、もぬけの殻になっているらしい。不動産業者にあわてて連絡を取ってみたところ、引っ越したことは判明したが移転先までは教えてくれない。

——なんてことだ。

ショックのあまり、頭がガンガンした。

長尾と別れたのと、この引っ越しのタイミングは偶然とは思えない。

二度と顔を合わせたくないぐらいに嫌われたのかと衝撃を受けながら、長尾は傷心のままやけっぱちで嵯峨の携帯を鳴らしてみる。だが、途端に着信拒否のアナウンスが流れてきた。

メールを送っても、戻ってくる始末だ。

さすがに嵯峨から徹底的に避けられていることを、長尾は認めないわけにはいかなかった。

だからこそ、週末は抜け殻のように過ごした。別れる原因については、嵯峨に直接電話で告げられている。それはまさにその通りだとは思うのだが、あの電話がかかってくる寸前まではうまくいっていたという実感があるだけに、どこかが納得できてない。

頭にぽっかりと浮かび上がってくるのは、別れる寸前に顔を合わせた、あの八重垣という極道の若頭だった。

——あいつとよりを戻したのかな。危険な過去の男と再会したことで、俺のつまんなさに気づいたとか……。

月曜日は二日酔いの状態で、フラフラになって出勤する。

その日ばかりはおとなしくデスクワークのみに勤《いそ》しみたかったのだが、机上のスケジュール帳を見た途端、長尾は深いため息をついた。

——今日は、……外での打ち合わせか……。

長尾の仕事先である財務局は、地域の住民のための相談窓口を設けてある。

長尾はその相談窓口とは関係のない部署に配属されていたのだが、嵯峨と関わっての事件以来、困ったときの助っ人として呼ばれるようになった。最初はまともな公務員ならビクつくような闇金業者との交渉を頼まれたのだが、そのとき、長尾が全く彼らの脅しにはビクつかなかったことが評価されたのだろう。その後も、厄介ごとがあると泣きつかれる。

何せ、一にらみで相手を凍りつかせるほどの嵯峨と、日々接している長尾だ。だからこそ、そこまでの迫力はない闇金業者を相手に冷静に交渉ができるのだが、そのあたりを説明してもしょうがない。

このところ関わっているのも、その手の仕事だった。

ビルの持ち主に無断で、暴力団に事務所を又貸しされた件で相談を受けている。その暴力団事務所を追い出し、又貸しした業者に賃料を払ってもらいたいという内容を、解決するために動いていた。

すでに長尾はその相談者に、事務所を撤去するための民事訴訟の対策をアドバイスしていた。その訴訟の仮処分のために、保証金を無利子で貸し付けるなどの支援の手立てを取りつけていた。

だが、その民事訴訟の打ち合わせのために同僚とともに事務所を訪ねた長尾は、相手の憔悴《しょうすい》ぶりに目を見張った。やたらとおどおどして、目を合わせようともしない。

先日は熱心に聞いていた訴訟関係の話を聞き流されたあげく、タイミングを見計らったように切り出された。

「その、……もう訴訟は止《や》めようと思うんです……」

「え？　何でですか」

うすうすその気配は感じ取っていたものの、長尾と、同行していた総務の同僚は怪訝《けげん》な顔を向ける。

日本人は世間体や手間のために訴訟を避ける傾向にあるが、今回は他にも何かがあるような気がしてならない。

先祖代々の土地持ちである五十過ぎのその男性は、言い訳のようにつぶやいた。

「いや、手間もかかるしね。それにうちは、賃料さえ払ってもらえれば問題ないんだし。……それに、……あまり近所から苦情が来てるわけでもないし……」

だが、長尾にはピンと来た。

——脅しか。

行政や警察と協力して暴力団を排除しようと気負っていた事業者が、急に態度を一変させることがままある。

その背後には、暴力団関係者から直接脅しを受けたという事情が隠されていることが多かった。

自分一人だけなら毅然《きぜん》とした態度で臨むことができても、家族の安全をちらつかされた途端、心が弱る。そして、暴力団関係者はその弱点を熟知して利用する。

驚いた様子で説得しようとする同僚を眺めながら、長尾は机の上に置いていた書類を揃えた。ストレートに相談者に斬《き》りこんでみる。

「八重垣組の関係者が、ここに姿を見せましたか」

隣で、同僚があわてているのがわかる。財務局としてはこんなふうに暴力団が直接出てくる事案には深入りすることなく、警察にゆだねるべきだと思っているのだろう。それはわかっていたが、嵯峨と知り合った後の長尾は、自分が少し変わってきているのを感じている。

八重垣組の名を出した途端、事業者の表情が明らかに強張《こわば》る。確信を得た長尾は、さらに踏みこんでみた。

「来たのは誰だか、おわかりですか。二度とそのようなことをしないように、こちらから連絡することは可能ですが」

「いや、……その、……っ、形ばかりではなく、実際に手出しされないのならともかく」

余計なことはするな、と言いたいのだろう。警察ならともかく、財務局は頼りないと思われているのかもしれない。暴力団排除条例に従って暴力団と手を切ろうとしたところ、発砲されたり刺されたり、という事件がニュースで報じられてもいる。

「相手は、何て言ってきたんです？」

長尾が引くことなく尋ねると、相談者はうつむいたまま、ぎゅっと拳を握りしめた。

「民事訴訟を引っこめないか、と。今は事務所をどこに出すのも面倒だから、このままにしてくれたら、それなりの賃料や和解金も払うと」

「それで、かまわないんですか？　前は、事務所そのものがあるのがおっかないとおっしゃられてましたが」

「ええ。……そのときは。ですが、……っ、孫も生まれたばかりですし、……もしものことが起きたら」

孫や子どもの件で、脅してきたに違いない。ヤクザの常套《じょうとう》手段ではあったが、脅すには効果的な方法だ。

相談者は怯えきっていて、このままでは民事訴訟についての話を先に進めることもできそうもない。長尾は二週間後に来ることを伝え、そのときにどうするかどうか決断してもらうことにした。その後、見送りに出た相談者に、小声で尋ねる。

「ここだけの話でいいですが、……あなたと顔を合わせた相手の、名前とか所属とか、わかれば教えていただけますか」

八重垣組は巨大組織だ。直接連絡を取っておきたいが、少なくともそれくらいの情報はわかっていたほうが手っ取り早い。それだけのつもりだったのだが、途端に相談者の顔が青ざめた。

「名前とかは言ってないですが、……一緒に来た部下の…方が、……若頭って呼んでました」

――若頭？

言われて、嵯峨の誕生日の夜に見た押し出しの強いハンサムの顔を思い出す。同時に嵯峨のことが頭に浮かんだことで、失恋のショックが癒《い》えない長尾は、胸の痛みを覚えた。

だが、何か嫌な予感がした。

――何で、若頭がこの件に？

その疑問を押さえ、慎重に尋ねてみた。

「八重垣組に若頭っていうのは何人かいると思うのですが、ここにいらしたのはパリッとスーツを着こなした三十ぐらいの、……こう、ちょっと偉そうな？」

「……ええ。そうです。何かにらまれるだけでおっかない感じの、ヤクザというよりは、若手事業家っぽい」

――若手事業家っぽい？

その意見に賛同することはできなかったが、おそらくあの八重垣だろう。

長尾は悶々《もんもん》としながら、相談者の事務所から退去する。

――何だろうなぁ。

何かがモヤモヤと引っかかっていた。八重垣組といえば広域指定暴力団だし、その若頭ともなればかなり上の地位だろう。彼らの仕事区分についてはろくにわからないが、このような小さな事件に関わって、わざわざ相談者を脅すために顔を見せるのは不自然ではないだろうか。

――考えてしまう可能性としては、……八重垣がわざとこの件にからんできたとか？

事務所の移転の件で財務局が関わってきたのを知った八重垣が、その件の担当者が長尾だと知って興味を示したとしたらどうだろうか。

もちろん、八重垣が自分に興味を抱くのは、嵯峨がらみ以外にない。

――ってことは、嵯峨と八重垣はよりを戻したわけじゃないってことか？　よくわからない。

だが、このままにしてはおけない気がする。

長尾は路上に出てから鞄《かばん》に戻し損ねた赤いボールペンが耳に刺さっていたのに気づき、それでボリと髪を掻《か》いた。近くの駐車場に停めた公用車まで戻るまでの間にしばらく考え、その車に乗ることなく、同行していた総務の同僚に告げる。

「すみませんが、私《わたし》、……この後、八重垣組の事務所に行ってきます」

「え？　暴力団事務所に？　一人で？　お、俺も行くの？」

彼は相当ビクついているようだ。

公務員といえども、人の子だ。国や地方自治体といった権力に守られているからこそ、暴力団と対《たい》峙《じ》できるとも言える。一対一でヤクザと対峙するのはもちろんのこと、警察の付き添いなしで暴力団事務所に踏みこめるものではない。

――俺も嵯峨と知り合ってなかったら、まずそんなところに行こうとは思わないんだけど。

だが、嵯峨が関わっている以上、このままにしてはおけない気がする。

それに嵯峨にフラれてからというもの、長尾は死に体だった。恐怖を覚える感情までもが麻痺《まひ》している。今なら、どんなところでも踏みこめる気がした。

「ちょっと気になることがあるんで。私は、このまま直帰にしておいてくださいますか」

長尾はそう言い残して、車から離れた。

『あいつは、乳首は今でも弱いのか』と八重垣に言われた言葉が、頭の中でこだまする。嵯峨は今、どこにいるのだろうか。やはり八重垣に抱かれているのだろうかと考えただけで、嫉妬《しっと》で煮えくり返りそうだ。

今なら何ら怯えることなく、八重垣と対峙することができそうだった。

だが、その半日後。

――ん？

ふと長尾は、ガンガンと頭痛がする中で目覚めた。どうしてこんなに頭が痛いのだろうとうめきながら寝返りを打ったとき、目の端に肌の色が映る。

裸の誰かが、自分の横で眠っているらしい。

――嵯峨か……？

そんなことを夢うつつに思ったが、それはあり得ないことだとわかった途端、目が覚めた。嵯峨とは別れたのだ。何が起きたのかわからないまま、長尾は息を詰めておそるおそるそちらに顔を向けた。

――誰？

相手は長尾に背中を向けていた。

だが、なめらかな肩のラインや腕の細さから、そこにいるのは女性だということがわかる。自分はしたたかに酔っぱらって、見知らぬ女性と一夜限りの契りを交わしてしまったのだろうか。だが、その女性の肩胛骨《けんこうこつ》のあたりに艶《あで》やかな薔薇《ばら》のタトゥが入っているのを見たとき、何かが妙だと気づいた。

長尾は必死になって、眠る前の記憶をたぐり寄せようとする。

――そう。……俺は確か、八重垣組の事務所に向かったはず……。

午後三時ごろに到着したものの八重垣は不在で、真夜中までひたすら待たされた。その間、お茶だけ出されて、手持ち無沙汰と空腹のあまりそれを飲んだ長尾は、ひどく眠くなって意識を失ったのだ。

――で、……どうして、……こんなことに……。

ただ眠りこんだだけにしては、ひどく頭が痛い。二日酔いの症状に似ていた。

もしかして自分はその後飲みに出かけ、飲み過ぎてこの女性と行きずりの関係を持ったのだろうか。

だが、この記憶の欠落は変だ。今まで長尾は、記憶がなくなるまで飲んだことはない。

――ああ。……だけど、嵯峨に振られたショックで、タガを外したのかも……。

長尾は悶々と、頭を抱えこんだ。

相手は全裸のようだ。長尾も服を身につけておらず、シーツの下は下着だけのようだ。早く起き上がって服装を整えたほうがいいと思うのだが、ベッドから見回すかぎりでは服は見あたらず、頭が痛くて全身がだるい。

それに動いたことで女性を起こして、どうしようもない修羅場が展開されるのが怖かった。

そのとき、いきなり部屋のドアが開いた。

入ってきた相手が誰だか確認する間もなく、いきなりフラッシュを浴びせかけられて、長尾の目は眩《くら》んだ。

「なっ！」

驚愕《きょうがく》する。見知らぬ女性と裸でベッドにいるのだから、それだけでバツが悪い。それに、どうして写真を撮られるのか理解できない。

長尾は独身だから法的には問題がないはずだが、彼女が人妻だったら大問題だとそのとき気づいた。あわてて顔を背けようとしたが、そのときには立て続けにシャッターが落とされていた。

写真を撮り終えた後の男の顔を見て、長尾は大きく目を見開いた。明確に、自分がはめられたことに気づく。

「八重垣……さん……。あなた、……何で」

頭痛も忘れて、長尾は身体を起こした。

途端に、貧血のように目の間が真っ暗になった。やはりこれは、二日酔いの頭痛とは違うようだ。出されたお茶に、睡眠薬か何らかの薬物が混ぜられていたらしい。

——八重垣が写真を撮ったのは、何のためだ……っ？

長尾は必死に頭を働かせようとする。

この女はヤクザの女で、嵯峨が公務員として賄賂《わいろ》代わりに女を抱いたという証拠でもでっちあげようとしているのだろうか。これをネタに長尾の弱みを握り、今後いろいろ要求を呑ませようとする腹か。

だが、八重垣は長尾を無視して部屋の端に立ち、デジタル一眼レフカメラらしきものを操作し続けている。

八重垣は前に会ったときのようにビシッと決めたスーツ姿ではなく、開衿《かいきん》シャツにズボンといったラフな服装だった。だが、髪型だけは乱れなく整えている。

何か作業を終えるなり、八重垣は得意気に言ってきた。

「今の写真、嵯峨に送ってやった。てめえがうちの情婦を抱いているところを見たら、あいつはどんな反応をするかな？」

――やっぱり、嵯峨がらみか……！

かぁあっと、頭に血が上った。

仕事がらみと考えるよりは、そう考えたほうがいいようだ。だが、こんな写真を送るなんて、八重垣は二人が別れたことを知らないのだろうか。

「嵯峨とは、どんな関係なんだ？」

聞くと、八重垣は楽しげに目を輝かした。

「あいつは一匹狼だからな。何度かどうしようもないところまで追い詰めて、俺に頭を下げにこさせたことがあるよ。最近はやたらと狡猾《こうかつ》になって、少しも罠《わな》にはまらなくなったが。いくら抱いてもつれない態度ばかりのあいつが、てめえといい仲になるとは思わなかった」

――いくら抱いても……？

その言葉が、長尾の心臓に爪《つめ》を立てる。

長尾と関係を持ったとき、嵯峨はどこか不慣れだった。だから、おそらく「いくら」というのはこの男の見栄《みえ》であって、実際には一回か二回でしかないに違いない。

そう頭の中でばっさり切り捨ててやっても、長尾の心は穏やかにはならない。

――後で、確かめないと……！

こんな男に執着されて、組織ぐるみで追い詰められたら嵯峨はたまったものではないだろう。それでも一匹狼で商売しているなんて、大したものだ。

――俺も、こんな脅しに屈するもんか。

長尾は冷静になるよう、自分に言い聞かせた。

どうやら、八重垣は長尾と嵯峨との関係を壊そうとしているようだ。

――ってことは、八重垣と嵯峨はよりを戻した……ってわけじゃないのか？

魅力的な昔の男が現れたことで、平凡な自分がフラれたとばかり思っていただけに、長尾は混乱する。

だとしたら、嵯峨はどうして自分と別れたのだろう。

この男に対するいらだちが収まらないまま、長尾は挑発するように口走る。

「そんなに大変だったのか？　嵯峨なら、簡単に抱かせてくれたけど」

この男が自分と嵯峨が別れたということも知らずに、嫉妬しているのなら好都合だ。いらだたせて、持っている情報を吐き出させたい。もしくは一発殴らせて、傷害罪で訴えたい。

暴力団員なら、実刑の可能性が強いと聞いていた。逮捕となれば、それをきっかけに警察がいろいろ調べ始めて、余罪が発覚することもあるだろう。

――俺ができるかぎりのことをしてやる。

普段なら極道の若頭相手にそこまで腹をくくることはなかったが、嵯峨を失った今の長尾に怖いものは無かった。

――殴りたいなら、殴れ。

どうせなら、派手に殴られたほうがいい。

長尾の挑発に、八重垣の頬がひくっと痙攣《けいれん》したのが見えた。

「――てめえ、嵯峨とは高校で同級生だったらしいな」

そこまで八重垣が調べ上げていることに、ゾッとする。暴力団の調査能力はバカにならないと、嵯峨が言っていたのは本当だ。なのに、嵯峨と長尾が別れたのを知らないなんてどうかしてる。

長尾はシーツを巻きつけて上体を起こし、軽く腕を組んでうなずいた。

「ああ。昔から嵯峨は、ひどく綺麗だった。家出したとき匿《かくま》ったら、ねぐらと引き替えにやらせてくれたよ。むしろあちらからくわえてきた。高校のときから、乳首が弱かったな」

根も葉もない事実だったが、もしかしたら嵯峨の初物を奪ったと思っているらしい八重垣に、一発食らわせてやりたい。

そんな長尾の思惑は的中したらしく、八重垣はショックを受けたようにふらついた。

「なん……だと。てめえら、……そんな昔から、できてやがった……のか……っ」

「昔から嵯峨は、綺麗だったからね。野獣みたいに凶暴ではあったけど、色が白くて、ケンカして口の端を切ったりすると、それが逆に色っぽくて」

高校生時代の嵯峨のことを思い起こしながら、長尾は感慨深く語る。

そのころの嵯峨を知らない八重垣が、気の毒に思えた。そんな思いが伝わったのか、八重垣がひどく悔しそうに顔を歪ませる。

「てめえ……っ！」

「再会してからも、もちろん綺麗だったけどね。すごく大人っぽくなってて、しかもエリートっぽい眼鏡にカタギのスーツ姿で俺の前に現れたんだ。そんな嵯峨のギャップに驚いて、きっちり着こんだスーツを乱したくなったというか。そんな姿でくわえてくれたときには——」

「っ！　っき、……っきっさまぁあああああああ！」

ついに我慢ならなくなったらしく、八重垣は長尾の肩をつかんで、ベッドから引きずり出した。

さすがに本職のヤクザだけあって、その迫力はすごい。いくら覚悟していても長尾は恐怖に硬直し、ギュッと目を閉じずにはいられなかった。

——だけど、……殴りたければ殴れ……！

殴られたら、こっちのものだ。警察に駆けこむ覚悟はできている。

そのとき、どこかでドアが乱暴に押し開かれる音が響いた。

——何だ？

続いて、獣に似た怒鳴り声がだんだんこちらに近づいてくる。

その不穏な気配に八重垣が長尾から腕を離し、ドアのほうに振り返った瞬間、この部屋のドアが蹴り飛ばされる勢いで開いた。

そこから姿を現したのは、鬼のような形相をした嵯峨だ。

――な、何で……！

八重垣がメールを送ってから、まだ十分も経《た》ってはいない。

嵯峨は怒りに燃えた目で、室内をぐるりと見回した。本気で嵯峨が怒ったときにはこんなふうになるのを知って、長尾は心底恐怖を覚えた。

その目で見据えられただけで、全身の血が凍結する。

嵯峨は長尾から目を反らせないまま、怒りに満ちた声で尋ねてきた。

「てめえ。あの写真は、どういうことだ？」

ベッドの端に、まだあの情婦はいた。だが、こんな修羅場は慣れっこなのか、シーツを身体に巻きつけて、興味なさそうに大あくびをしている。

言葉を失っていた長尾の代わりに、八重垣が口を開いた。

「見た通りだ。こいつは、俺の女と浮気していやがった」

嵯峨は八重垣のほうにチラリとも視線を向けず、長尾を見据えて冷ややかに言葉を重ねた。

「本当か？」

もう別れた相手だ。だが、嵯峨を前に長尾は否定せずにはいられない。

「違う……！　おまえがいなくなったから、八重垣のところにいるのかと気になって、事務所に面会を求めに来たんだ。そうしたら、いつの間にか眠らされていて、気がつけばこんなことに」

「浮気したんだよ」

八重垣が口を挟んだ途端、嵯峨は怒鳴った。

「るせえ……っ！」

瞬き一つする間に、嵯峨は八重垣の方向に猪突《ちょとつ》の勢いで突進し、襟首をつかんで壁に叩きつけていた。八重垣に顔を突きつけながら、低い声でうなる。

「てめえは、余計なことをするんじゃねえ。殺されてぇか！」

「てめえに殺されるなら、本望だ」

なまじ冗談とも思えない言葉を漏らして、八重垣はうっすらと微笑む。八重垣は嵯峨に密着されることを喜んでいるらしい。

だが、嵯峨は八重垣の腹に、渾身の力で拳を叩きこんだ。

「っぐ！」

八重垣がうめいて、上体を丸める。

その威力がどれだけのものかは、八重垣の反応でわかった。続けて殴られそうな予感がしていただけに、長尾は自分が殴られたように肝を潰した。

嵯峨は八重垣の胸元をつかんで引き起こし、腹の底から声を発した。

「これ以上余計なことしたら、殺すぞ」

それには、血が凍るほどの殺気がこめられていた。

八重垣もそれを感じ取ったらしく、ギョッとしたような顔をする。

嵯峨はひどくすさんだ目をしていた。

「脅しだと思うな。俺はどうなってもいいんだよ。だけど、――こいつにだけは、迷惑かけんな」

本気の言葉だと、長尾にも伝わってくる。

嵯峨の口調があまりにも暗く、相当の覚悟が感じ取れたからだ。

嵯峨は命がけで、自分を守ってくれようとしている。八重垣組という巨大なものを敵に回した場合は、命を賭けなければ人一人守るのは容易なことではないのだろう。

――そうか……。

長尾はようやく、事実の一片を手にした気がした。

嵯峨が自分の前から姿を消したのは、愛想をつかしたわけではないのだと不意に気づいた。むしろ、長尾のことを大切に思うから姿を消した。八重垣とのことに、長尾を巻きこみたくなかったからだ。そうに違いない。

八重垣もさすがにこんなふうになった嵯峨には気圧《けお》されたらしく、観念したように肩をすくめた。

「わかった。……とにかく、あの写真は消してやる」

「ふざけんな。写真を消すのは当たり前だが、これ以上長尾に迷惑かけんなってことだよ。それに、長尾が関わっている暴力団事務所だが、とっとと引っ越させろ」

――あれ？

何で嵯峨がその件まで知っているのかと、長尾は首を捻る。

「そこまでは、できねえな」

鼻で笑おうとした八重垣から、嵯峨は手を離した。

スーツの懐に手を入れるから、拳銃《けんじゅう》でも出てくるのではないかと長尾はヒヤヒヤして息を吞む。そう思ったのは長尾だけではなかったらしく、八重垣の顔からも血の気が引いているのが見てとれた。

それほどまでに、今の嵯峨からは人でも殺しかねない迫力が漂っている。

だが、取り出したのは折り曲げられた大判の封筒だ。それを、嵯峨は八重垣の顔面に叩きつける。

「そう言うと思ったから、準備しといてやったぜ。八重垣組の悪事を、洗いざらい調べてやった。これが表沙汰になったら、てめえはもちろん、八重垣組までおだぶつだ」

「何だ……と？」

「それはほんの一部に過ぎねえが、――俺がその気になれば、洗いざらい警察に暴露できるってことを忘れんな」

八重垣は焦ったように封筒を開け、その中身を確認する。最初はたかをくくっているように思えたが、次第にその顔から血の気が引いていく。

――ずいぶんと、……ヤバいもののようだな。

長尾がそう考えたとき、嵯峨が声をかけてきた。

「いつまでそんな格好でいやがる。とっとと着替えろ。――帰んぞ」

――帰る？

その言葉に、長尾は感動を覚える。

自分と一緒に、ここから出て行ってくれるのだろうか。

久しぶりに嵯峨と一緒にいられるというだけで、長尾は幸せを覚えた。嵯峨ともっと顔を合わせていたい。だが、問題なのは脱がされた服が見つからないことだった。

「だけど、服が……」

「こいつの服を出せ」

言い切らないうちに察したらしく、ドスの利いた声で嵯峨が女に命じる。

やたらと居丈高な態度だ。敵に回すとおそろしいが、味方にすればこれほど頼りになる相手はいない。

彼女はちらりと八重垣のほうを見たが、書類に夢中なのを見て諦めてベッドから下り、ガウンをまとって隣室へと消えた。

もってこられた服を、長尾は礼を言って受け取り、着始めた。

その間に、嵯峨が低い声で八重垣に掛け合った。

「それがどれだけのもんだか、わかっただろ。それを警察に渡さないでやる代わりに、てめえが調べた俺のものも全部寄越《よこ》せ」

——てめえが調べた俺のもの？

いったいそれは何だろうか。

長尾は気になって、嵯峨のほうを眺める。

八重垣はまずは突っぱねた。

「何のことだか、わかんねえな」

「とぼけんじゃねえよ……！　俺のを全部渡せば、てめえのほうも洗いざらい渡してやるって言ってんだろ」

「……っ。本当だろうな」

「ああ。何だったら、今でいいぞ。てめえの顔を二度と見たいとは思わないし」

「俺は見たいが」

八重垣を、嵯峨は氷の眼差しでにらみ据えた。それから、ため息をつくように告げる。

「時間かけると、てめえの組を嗅《か》ぎ回ってるデカが、この書類の存在に気づくかもしれねえ。とっと灰にしたほうが、安心して眠れるってもんだろ？」

「原本を持ってきてるのか」

「てめえが、俺の原本を持ってきたら、見せてやる」

二人は互いにとって命取りとなるようなヤバいものを、交換しようとしているらしい。暴力団である八重垣組ならともかく、嵯峨にもそのようなものが存在することに長尾は恐怖を覚える。だが、黙ってそのなりゆきを眺めることしかできない。

嵯峨の仕事の内容については、あまりよく知らなかった。だが、赤羽にある事務所で、おそろしい剣幕で借金の取り立てをしていたのを目撃したことがある。あの後こっそり職場のデータベースで確認してみたが、正規に貸金業としての登録はなかった。

――つまりは、嵯峨は違法な業者だ。カタギには、金を貸してないとは言ってたけど。

嵯峨の仕事の実態はよくわからないままだが、こんな取引をしているからには後ろ暗いところがあるのだろう。

――いや、むしろヤバいものまみれってことか？

まともな稼業ではないものの、それでも嵯峨には良心があると思うのは、恋人の欲目だろうか。

嵯峨は児童養護施設に匿名で金を寄付してもいたし、根っこから悪に手を染めているわけではない気がする。嵯峨には嵯峨なりの道徳基準があって、それに従って動いている。

――俺は、そう思うんだけど。

二人の交渉は成立したらしく、八重垣が部屋を出て行く。しばらくして、何やら書類の入った封筒を持って戻ってきた。嵯峨はそれを受け取り、中身を確認してから、懐から新たに取り出した別の書類を手渡している。

それを八重垣が確認したところで、取引は完了らしい。

「行くぞ」

嵯峨が長尾に顎をしゃくったので、二人は部屋から出た。

長尾は自分がどこにいたのかよくわからないでいたのだが、おそるべきことにここは八重垣組の事務所内だった。

奥のほうにベッドのある部屋があったらしく、出て行くまでには事務所の中を通り抜けていかなければならない。壁にある時計は午前九時を回ったところで、まだ人は少なかったが、それでもヤクザが興味深そうに二人を見送っている。

嵯峨がこんなおそろしいところを突破して、長尾を救うために奥の部屋までやってきてくれたんだと思うと、あらためて感動する思いだった。

嵯峨の精神力は、やはり並大抵ではないらしい。

ヒヤヒヤしながら部屋を通り抜け、外に出てようやく、長尾はまともに深呼吸できる気がした。サラリーマンが行き交う街の風景が、やたらと平和に目に映る。

嵯峨はスーツのポケットに両手を突っこみ、肩をそびやかしながら尋ねてきた。

「てめえ、今日は仕事か？」

言われて、長尾はハッとした。

そういえば、今日は普通に平日だ。目を覚ますなりいきなり裸の女が横にいるというショックの連続に、何もかも頭からすっ飛んでいた。

始業時間を過ぎていることにも気づいた長尾は、あわてて上司に連絡を入れ、今日は休みをもらいたいと訴える。急な願いだったが、快諾された。

もしかしたら、上司は昨日の総務の同僚から、長尾がヤクザの事務所に向かったという知らせを受けていたのかもしれない。やたらと『無事か？』と聞かれた。

——これで、俺の関わっている暴力団事務所がいきなり撤退、という話になったら、また武勇伝にされてしまうかもな。

自分は何もしていない。だが、嵯峨のことは説明できないから、更なる厄介な事案が今後、長尾に持ちこまれる可能性がある。

長尾が携帯を切ると、何とはなしに聞いていたらしい嵯峨が、軽く顎をしゃくった。

「うちの新しい事務所が、そう遠くないところにある。来るか？」

「――ああ」

嵯峨の居場所を抑えておきたい長尾は、すぐにうなずいた。

嵯峨と並んで、午前中の繁華街を歩く。嵯峨と一緒にいるだけで嬉しくてならないはずなのに、気づけば恨み言を口にしていた。

「いきなり事務所畳んで連絡取れなくなるから、……心配した」

「……ん」

嵯峨は小さくうなずいただけだ。

電話で別れを切り出されたはずなのに、本人を前にすると、何だか別れたような気がしない。心は嵯峨への未練でいっぱいだったし、嵯峨のほうも素っ気なくはあったが、長尾と離れたくないようなそぶりに見えた。

いつも早足のはずの嵯峨が、長尾に合わせて少しゆっくり目に歩いている。そのことに気づいた途端、目が合った。

「前のところだと、……八重垣がうるせーから」

言い訳のように、嵯峨は言った。

そんな嵯峨の態度を見ていると、やり直せそうな気がしてくるから厄介だ。またあらためてフラれるのはきついというのに、嵯峨への未練が消えない。

やり直せないかと、夢想してしまいそうになる。

――あんなふうに、ハッキリ別れを告げられたというのに。

歩いているうちに目的地に到着したらしく、嵯峨がふと足を止めた。

「ここ」

顎をしゃくって示したのは、表通りに面した清潔そうなビルだった。

――ん？　ここで闇金業？

繁華街の一角にあった赤羽の雑居ビルとは、だいぶ雰囲気が違う。

とまどいながらも嵯峨に続いてエレベーターホールに向かい、そこに表示されているテナント名を眺めた。嵯峨のものらしき胡散臭《うさんくさ》そうな企業名を捜してみたが、それらしきものはない。

長尾は不思議に思って、嵯峨を見た。

「表示、出してないの？」

「出してるぜ。四階」

言われて、長尾はそこをのぞきこんだ。言われてみると、すぐに見つかる。

「『社会福祉法人　嵯峨会』か。また、ろくでもない社会福祉法人を立ち上げたの？」

以前、嵯峨は国有地の競売のために、『社会福祉法人　さの会』という名を使ったことがある。通り一遍の調査では不正な団体だとわからないほどの高度な偽装工作をしていたが、またその手の法人かと、長尾はため息をついた。

だが、嵯峨はふんぞり返って答えた。

「ろくでもなくねえ。今回は、俺の名前をちゃんと使ってる」

「……そりゃ、そうだけど」

そのことに、どういう意味があるのか、すぐにピンとこなかった。嵯峨はそんな長尾が理解できないのか、やってきたエレベーターに乗りこみながら不審そうに首を傾《かし》げた。

「自分の名前を使うってことが、どういう意味だかわかってねえの？」

言われて、長尾は少し考えた。

偽名だったら、いくらでも誤魔化《ごまか》しが利く。だが、本名だとそうはいかないということなのだろうか。

――何か悪いことをしたときには、警察に記録が残るから？

考えている間にエレベーターは四階に到着し、『社会福祉法人　嵯峨会』とプレートで表示されているドアの前に二人で立つ。鍵を開けながら、嵯峨が答えた。

「自分の名前を使ったら、どこにも逃げ隠れできなくなるってことだよ。今まではどんな方法を取っても、金さえ稼げればいいと割り切ってた。だが、さすがにそういうことは長くはできねえ。八重垣の件をきっかけに、今までの仕事はすっぱり止めることにした」

「え？」

長尾はその言葉に、耳を疑う。

つまり不認可の貸金業を止めて、カタギの仕事につくと考えていいのだろうか。

「何やるつもりなの、おまえ」

嵯峨なら、どんなことをしてもしたたかに生き延びる気がする。だけど、看板に掲げた『社会福祉法人』の表示が気になった。俺様な嵯峨と、公共の福祉というのはしっくりこない。だが嵯峨が長いこと、児童福祉施設に巨額の寄付をしてきたことも知っている。

「児童養護施設などを中心とする社会福祉法人の、金銭面でのサポートをする団体だ。金が足りなければ寄付を募るためにキャンペーンを張り、行政から金を引き出す手伝いをする。金が余ってるときには、それを運用する」

「それって、……なんというか」

長尾はとまどいながら、うなずいた。

嵯峨にぴったりの仕事だという気がする。

社会や行政のウラを知りつくした嵯峨なら、どこをどう揺さぶれば予算が引き出せるか熟知していることだろう。財テクも得意だろうが、嵯峨を信頼して金を預ける団体があるだろうか。

ああいうところは、非常に保守的だ。

だが、それも続く嵯峨のセリフによって心配ないとわかった。

「前々からさくら先生に誘われてたんだけど、本格的に仕事にすることにした。俺の過去のヤバい記録は、あの忌々しい八重垣のヤツがコツコツと丁寧に集めてくれたから、綺麗に抹消できたはず。こうなりゃ、何もおそれることはねえ」

偉そうに語る嵯峨に、長尾は一応念を押した。

「抹消されたらいいってわけじゃなくて、とんでもなくヤバい仕事は、昔からしてないんだよね？」

「してねえよ。俺がしてきたのは、義賊みたいなもんだ。悪人からしか金は搾り取ってねえ」

あまりにも自信たっぷりに言われたので、長尾はうなずくしかなかった。

「信じることにするよ」

嵯峨は根っこまでは腐っていないはずだ。社会に戦いを挑んで一匹狼としてやってはきたが、どこか毅然としたものを持っている。自分は、そんな嵯峨だからこそ好きになった。

「だけど、そうしていきなり、そんな話になったわけ？」

長尾は不思議に思いながら、室内を見回す。

引き払った赤羽の事務所は、もっとずっと殺伐としていた。いかにも闇金らしく、事務的な机と椅子が並び、荒涼とした空気が漂っていた。

だが、今度の事務所は雰囲気が違う。

机や椅子は木製の暖かみのあるもので、壁には児童の絵が飾られている。窓には事務的なパーティションではなく、お手製らしき花柄のカーテンまで下がっていた。

長尾の視線に気づいたのか、嵯峨がどこか照れくさそうに肩をすくめた。

「事務所、ここにするって伝えたら、あの、――おせっかいなさくら先生がやってきて、必要なものを一式、見繕って差し入れてくれたんだ。俺は必要ねえって言ったんだけど、使ってないという机とか、椅子とか、カーテンは手縫いだそうだ。……ついでに、お茶のセットまで」

嵯峨は忌々しそうにため息をつく。

嵯峨の趣味ではないのだろう。だが、嵯峨が本気で嫌だと思ったら、即座に室内のものを総入れ替えしているはずだ。そのまま使っているということは、それなりに気に入っているに違いない。

この室内は、どこか温かかった。こんな場所で嵯峨が新しく仕事を始められると思っただけで、長尾は感動のあまり鼻の奥がツンとしてくる。

このようなものに囲まれていたら、嵯峨はもう悪いことはできないはずだ。自分が大切に思うもののために役所と渡り合い、支援団体と交渉する嵯峨のことを思うと、何だか胸が熱くなった。

「そっか。……良かったな。何か、とてもいい事務所だと思う」

涙は抑えることはできたものの、感動のあまり声が震えた。

そんな長尾を、嵯峨は不思議そうにのぞきこむ。

「おまえ、……泣いてんの？」

「いや、……その、……良かったな、と思って」

不覚にも涙を滲《にじ》ませていたことを気づかれて、手の甲であわてて目元を拭う。嵯峨は嵯峨であって、どんな仕事をしていてもかまわない。そう思っていたはずなのに、カタギになったと知っただけで肩の荷が下りたようにホッとしている。

目元から手を外したときに、嵯峨の顔がすぐそばにあるのに気づいた。その唇の色っぽさに気を奪われた途端、軽く唇を塞《ふさ》がれた。

「……っ」

その生々しい感触に、たまらなく鼓動が高鳴った。

――何で……？

嬉しかったが、とまどいがある。

嵯峨から別れを告げられていたはずだ。だが、嵯峨のほうからキスしてくれたということは、やり

直せると期待していいのだろうか。

離れていった唇をもっと味わいたくて、長尾のほうからその頭の後ろに腕を伸ばす。嵯峨の頭は、さして力を入れなくても引き寄せられた。

再び嵯峨の濡れた唇に自分の唇を押しつけると、その身体から漂う甘い体臭が長尾を包みこんだ。こんなふうに嵯峨に再びキスできるなんて、夢のようだ。

拒まれるのが怖くて、長尾は嵯峨を抱きしめながら、貪《むさぼ》るようなキスを止めることができない。舌をからませ、嵯峨の唾液《だえき》をすすり、餓《う》えた心がたっぷりと充足するまでキスを続ける。嵯峨の舌の感触や体温を一通り確認してから、ようやく長尾は唇を離すことができた。

嵯峨は目元をかすかに上気させて、濡れた目で長尾を見た。

「これで、……てめえとも、誰はばかることなく、付き合えるってことだな」

「どういうこと？」

やはり、あの別れには事情が隠されていたらしいと長尾は気づく。

嵯峨はフンと鼻で笑って、苦々しそうに口にした。

「八重垣に脅されたんだよ。てめえが俺の仕事を見て見ぬふりをしてんのを、職場に密告してやるって。だからあいつが妙なことをやらかさないように、俺のほうから姿を消すしかなかった」

いきなり嵯峨から別れを切り出されたのは、そんな理由が隠されていたようだ。八重垣は二人が別れたことに気づいていないようだったから、嵯峨の行動には意味がなかった。だが、そんな無粋なことを今、知らせる必要はない。嵯峨からハッキリ説明してもらえたことで、長尾は心から安心することができた。同時に、感動する。

「俺を、……守るため？」

「たりめえだ。それ以外に、理由なんてねえだろ」

吐き捨てた嵯峨が、少し照れたように視線を反らす。

そんな嵯峨への愛おしさが、一気に長尾の胸にこみあげてきた。本来ならば、長尾のほうも嵯峨を守れるようになっておかなければならないはずだ。何かと嵯峨にばかり、守られているばかりなのは情けない。

だけど、長尾は嵯峨の深い愛情を知ったことで、感動のあまり言葉を失う。「飽きた」だの「平凡」だのと言われて失恋に苦しんだことさえ、全てが帳消しされる思いだった。

そんな長尾を、嵯峨は胡散臭そうに眺めてくる。

「まさか、……てめえ、本気で信じてたんじゃねえだろうな？」

「俺が平凡なのも、刺激が足らないのも、事実だから」

落ちこんではいないつもりだったから、長尾は肯定してつぶやく。すると、嵯峨は仕方ないな、というような顔をして、長尾の頭を抱えこんだ。

「おまえは、……平凡なのがいいんだ」

そんなつぶやきとともに、機嫌を取るように抱きしめられて、長尾はジンとした痺れが胸に広がっていくのを感じる。クールに見える嵯峨が、意外なほど情に厚いのを知るのはこんなときだ。

我慢できずに、嵯峨に回した腕に力をこめた。

しばらく触れていなかった嵯峨の感触を感じ取っているだけで、身体の芯《しん》まで熱くなっていく。嵯峨が欲しかった。彼は自分のものなのだと、あらためて確認したい。深く愛し合いたい。

「しても、いい？」

その思いに駆られたまま首筋に顔を埋めながら尋ねると、照れくさそうに素っ気なくうなずかれた。

「ああ」

深く舌をからめ合いながら、長尾は嵯峨に溺《おぼ》れていく。

長尾のを、嵯峨は長い時間かけて舌と唇でたっぷりと味わった。固くなったものをずるずると唇から引き出したとき、長尾がそんな嵯峨の顔をじっくりと見つめていたのに気づく。

やけに照れくさくなって唇の端を伝う唾液を乱暴に手の甲で拭っていると、腕の付け根をつかむようにして起こされた。

「ッン」

スーツの上着とネクタイとワイシャツを次々と脱がされ、下肢を覆っていたスラックスと下着を膝まで下ろされた格好にされてから、嵯峨は木の机にしがみつく形でうつ伏せにされる。こんな姿を取ってやるのも、相手が長尾だからだ。

屈辱と羞恥に肌が熱くなっていくのに耐えていると、長尾がその腰のあたりに屈《かが》みこむ気配があった。

　ずっと疼いていた双丘の間を開くように舌を這わされ、その生暖かい感触に、嵯峨はぞくりとして息を呑まずにはいられない。

「ッン！」

長尾の舌がそこを這っている光景が脳裡《のうり》に浮かび、身体で受け止める感覚がシンクロすることで、全身の血が沸騰していくような感覚があった。その小さなつぼまりを舐め回されているときだけは、ひどく落ち着かなくなる。

　膝が震え、机にすがりつくように回してあった指先にきつく力がこもった。

「っは、……っは……っ」

　何でもないようにやり過ごそうとしているのに、久しぶりだからなのか上手にできない。いつの間にか開きっぱなしになっていた唇から、唾液があふれて机の表面にまで滴った。

　次第に長尾の舌が中まで入ってくるような感触にぞくぞくと怯えていると、さらに空いた手が嵯峨の前まで伸びてきた。

　すでに熱を蓄えているその部分を机の表面との間で握りこまれ、根元から先端のほうまでやわやわとしごかれる。最初のころこそひどく不慣れだったくせに、長尾はいつの間にか嵯峨の感じる触れかたを全て覚えていた。裏筋に指の腹を添えて適度な圧力でなぞられると、そこから電流のように駆け抜ける快感に膝が震えて、立っているのがやっとだ。

　そんなに乱れている姿を見せたくなくて、嵯峨の身体には力がこもった。

「っん、……っン……」

固い木の机の上で顔の位置を変えると、ふと壁の時計が目の端に映る。

——朝の十時……。

今日、ここに訪ねてくる人はいなかったかと、嵯峨は快感にかすみそうな頭のどこかで再確認してみる。もしさくら先生にこんなところを見られたら、おしまいだ。今後、まともに顔を合わせられなくなる。

——あれ？　さくら先生……。

彼女と会う約束があったような気がする。

だが、感じる部分を舐めねぶる長尾の舌と指の感触はあまりにも淫《みだ》らに身体を溶かしていくから、まともに考え続けることなどできそうにない。

「はっ……」

甘ったるい快感に軽く首を振ったとき、執拗《しつよう》に舐め溶かされた入口が、長尾の舌をつぷっと受け入れた。ほんの浅くしか入っていないはずなのに、そことつながった襞《ひだ》の奥のほうまでジンと疼きが伝わる。

思わずそこをきゅっと締めつけると、熱く勃《た》ちあがった性器を先端までしごかれ、あまりの快感に腰が揺れそうになった。ぞくぞくしすぎて、早く長尾が欲しくなる。

——長尾と、……またこんなふうにできてるなんて、嘘《うそ》みたいだ……。

別れを告げたときには、何もかもがこれで終わるかもしれないと覚悟していた。

八重垣組の不正の証拠を探るために性欲どころではなくなっていたが、長尾に触れられることで、自分の身体がその間、ひどく餓えていたのだと思い知らされる。長尾と肌を合わせるだけで、信じられないほど興奮していた。

少し間を空けたせいもあるのか、全ての感覚がリセットされたように刺激のいちいちが恥ずかしくてならない。

「ッン」

ねとねとに舐め溶かされた部分に、また舌が突き刺さる。ぞくっと深くまで舌が入りこんでいく感触に、全ての感触が集中していく。

今度は舌はなかなか中から抜き取られず、体内で蠢《うごめ》く感覚を長く味わわされて、嵯峨の先端から蜜《みつ》がとめどなくあふれた。

その蜜を亀頭《きとう》に塗りこむように指を動かされて、熱が下腹をぐっと這い上がる。

「っう」

早くも、イってしまいそうな感覚があった。

だが、これはいくら何でも早すぎる。よっぽど欲しがっていたと長尾に思われるのが悔しくて、嵯峨は必死で我慢しようとする。

だが、快感を押さえこもうとすればするほど、快感は余計に濃厚になって身体中を駆け巡るばかりだ。舌を体内の粘膜で感じ取るたびに、びくびくと太腿《ふともも》が震えてしまう。

「ぁ、……っぁ、ぁ……っ！」

そのとき、舌が抜き取られ、その代わりに長尾の指が二本、まとめて体内にぐっと押しこまれてきた。いつもは一本からだから、いきなりギチギチになるほど入れられた指の存在感に、嵯峨は思わずうめく。

「ン、……っん……っ」

だが、そのきつさが今の嵯峨にはたまらない快感となった。

二本の指を体内で力強く動かされ、その異物感に脳天まで痺れるような快感が這い上がった。からみつく襞に逆らうように指を動かされると、ぞくぞくと快感が身体の深い位置から這い上がり、机の上で身もだえずにはいられない。

「っぁ、ん、ん……っ」

さらに背後から抱きしめるように腕を回され、固く疼いてきた乳首を二本の指の間できゅっとくびり出された。

その先端の部分を指の間でくりくりと転がされて、そこから広がる鮮烈な快感に耐えきれずに甘い声が漏れる。ずっと忘れていた感覚が蘇り、もっとそこを弄《いじ》って欲しい感覚から逃れきれずにいると、長尾はその粒を指先でつまみ直して、揉《も》みこむように激しく転がしてくる。

「は、……は、は……っ」

嵯峨の弱い部分を徹底的に嬲《なぶ》ってくる指の動きに、頭の中が真っ白に溶けていくようだった。

体内を抉《えぐ》る長尾の指が感じるところをかすめるたびに、肌が粟立つような愉悦が広がる。さらに乳首に爪を立てられると、あまりの快感に中がひくついた。

「っぁ、ン」

絶頂はもうじきだと嵯峨に知らせる痺れが次々と背筋を這い上がり、息が乱れきる。

もうこれ以上、我慢しきれないのがわかった。イク前にどうにか押さえこもうと唾《つば》を飲むが、乳首を引っ張られるたびに甘ったるい痺れが全身を駆け抜ける。

すでにペニスは腹につくほど、固く反り返っていた。

そこにまた触れられたら、途端に爆発してしまうだろう。蜜で濡れた先端がじゅくじゅくと疼き、もどかしさにイきたいのかイきたくないのかわからなくなって、嵯峨は腰を机の角に擦《こす》りつけた。

途端に、痛みまじりの快感が身体を駆け抜ける。

「イきたい？」

そんな状態を気どられたのか、長尾に耳元で囁かれた。二本の指を根元まで埋められ、その指を体内で開かれる。外気が忍びこむ感覚とともに、くびり出された乳首にカリカリと爪を立てられると、イきたさに硬い机の角に身体を擦りつけてしまう。

「ッン、……あ、……っ、イク……っ」

その声に応《こた》えるかのように中の指が蠢き、感じるところを強烈になぞられて、痺れが背筋を駆け抜けた。さらにとどめを刺すように感じるところで集中的に指を往復させられ、そこから広がる痺れが全身を呑みこんでいく。

——出る……。

一段と強く痙攣した直後に、どくどくと先端からあふれさせていた。

「っは、は、は……っ」

長尾の腕の中で痙攣しながら達しているというのに、中の指は動きを止めない。ひくつく中をなおもかき混ぜられながら、乳首をカリカリと嬲られる。そのために射精の痙攣がいつまでも止まらなくなって、嵯峨はもがく。度を過ぎた快感にどろりと唾液まであふれた。

「っは、……っは、は……」

気持ち良すぎて、頭が飛んだようになっていた。

まだ下肢の痙攣が落ち着かず、ハーハーと息を整えることしかできないでいると、ようやく長尾が中から指を抜き取ってくれる。腰をつかまれて机の上であおむけにひっくり返され、イった直後の顔を見られたくないのに、まともに隠すこともできない。

膝の裏側に腕を回すように大きく足を開かされ、まだまだひくつきが止まらない襞に、また長尾の指が差しこまれてくる。

「ちょっと、……待て……っん、くっ……っ！」

制止する間もなく、柔らかくなった中を大きく掻き回されて、その指にひどく反応してしまう。

胸元にも顔を埋められ、固くなった突起を強く吸い上げられただけで、腰が溶けていくような快感が身体を満たした。

「はっ…、は……っ」

乳首を吸うのに合わせて、長尾の指が中をぐちゃぐちゃと掻き回す。抜き出すときには指を大きく開かれ、もっと刺激が欲しくて太腿までだらしなく開いた。

「っは、……ン、ん……っ」

無防備すぎる姿で、嵯峨は喘《あえ》ぎ続けることしかできない。こんな姿を見せるのは、長尾だけだ。

「ツン！」

乳首を舌で転がされ、のけぞるように胸元を突き出すと、せがんでいるとでも誤解されたのか、固く尖《とが》った乳首にきつく歯を立てられた。その痛みは片っ端から悦楽へと変わり、掻き回されているところがぐずぐずに疼いてくる。もっと中の刺激が欲しくて、二本の指を締めつけて腰を振ってしまう。

「やらし。……嵯峨、エロくて最高」

長尾が胸元から顔を起こし、唾液で濡れた乳首を舌先で舐め回しながら囁く。反対側の乳首に指を伸ばされ、疼いていた部分をぐりっと転がすように捻《ひね》られて、余計に中がひくついてしまう。

「こっちも？」

尋ねられて、嵯峨は少しためらった後でうなずく。

強い刺激を与えられたことで、そちらもさんざん弄って欲しいという渇望が、押さえきれないほどふくれあがっていた。長尾はそんな嵯峨に微笑み、そちら側に唇を移動させて焦《じ》らすようにさんざん唇で嬲った後で、そこに噛みついた。

「っぁ、あ……っ」

小さな突起から痛みまじりの快感が広がった直後に、舌先で柔らかく転がされ、小刻みに吸われながら唾液をまぶされる。そんな乳首の刺激に、体内を掻き回される悦楽が混じる。

そうしながらも長尾が下肢をくつろげ、ペニスを外に引き出しているのが伝わってきた。

「っは」

いよいよだと息を呑むと、長尾はあらためて嵯峨の身体を机の端ギリギリまで引き寄せ、大きく足を担ぎ上げた。

足の奥の疼いている部分に固い昂《たか》ぶりを押し当てられ、その熱さにぞくっと震えてのけぞった次の瞬間、溶けきった身体に大きなものがぐぐっと入りこんできた。

「っぅあ！」

心はひどくそれを待ち望んでいるというのに、久しぶりの感覚にどうしても下肢に力がこもる。うまく呑みこむことができずに、圧迫感と痛みが広がり、嵯峨は思わず身体を捻ったが、動ける範囲は限られていた。

「きつい……な……」

そううめいた長尾が嵯峨の腰をつかみ直し、先端だけ半端に入りこんだものを強引に奥までねじこもうと圧力をこめてきた。

「……っぁ」

嵯峨は疼痛《とうつう》を覚えながらも、必死で身体から力を抜こうとする。できるはずだ。切れ切れに息を吐き出したそのとき、先端が一番狭い部分を通り抜けたらしく、目の前が一瞬真っ赤になるほどの衝動とともに一気に熱いものが身体を深い部分まで貫いてきた。

「ン、……っは、は、は……」

その息詰まる衝撃に、嵯峨は声を漏らした。強烈な違和感とともに満たされたような感覚が広がり、それに襞がきゅうきゅうとからみついていくのがわかる。

奥まで入るなり、長尾のそれはすぐにゆっくりと抜き出された。ずず、と内壁を引きずっていく衝撃の強さに、腰がびくびくと跳ね上がる。

長尾は嵯峨の腰をつかんで固定すると、まずは慣らすために腰をゆっくりと打ちつけてきた。

「っは」

ぬぬぬ、と入りこんでいる感覚を受け止めきれずに首を振ると、乳首をねとねとと舌先で転がされる。そこから伝わる否応《いやおう》なしの快感に、襞から少しずつ力が抜ける。だが、間髪いれずに大きなものを動かされ、先端を襞にまんべんなく擦りつけるように腰を使われると、そこから広がる快感に熱い息を漏らさずにはいられない。

「っぁ、……っつ、ン、ぁ……っ」

嵯峨の中が開いていくのに合わせて、長尾の動きが大きくなった。

強烈に擦り上げられる襞からは痺れるような快感が湧《わ》き上がり、それを増幅させるように乳首を両方ともつまんで引っ張られる。

指はそのままに動きに合わせて捻られてもてあそばれると、より体内の存在を大きく感じて中に力がこもる。

「……ッン……っ」

突き上げられるたびの、快感がすごい。

長尾の固い凹凸がまんべんなく襞を抉り、絶妙な強さで乳首を引っ張られ続けられて、淫らな熱が下肢を駆け巡る。

一気に抜き取られ、息をつく間もなくまたごりっと中に衝撃が伝わるほどに押しこまれて、背筋に快感が響いた。

「っぁ、あ、あ……」

長尾の動きは大きくなるばかりで、立て続けに中を穿《うが》たれた。それに加えて、張り出した先端で感じやすい部分に狙いすまされて穿たれ、膝が震えそうになる。

長尾のものが、自分の深い部分まで掻き回していくのがたまらなく悦かった。深く打ちこまれたときには一瞬動きが止まり、長尾のものが中で脈打つ感覚まで伝わってくる。

長尾の形に開かれていくにつれて、淫らな感覚が募って、涎《よだれ》が止まらなくなった。

「っは……っ」

さんざん嬲りつくした乳首から指が離され、膝にその手が移動して、胸に突くほど身体を折り曲げられた。中で長尾のものの角度が変わり、より圧迫感が増すのに合わせて感じるところを直撃されることとなり、爪先《つまさき》にまで強烈な痺れが走った。

「うっ、……っぁ、……そこ……っ」

「ここ？　感じるだろ？　いつもこうすると、すごく弱いよな。猫みたいに、蕩《とろ》けきった顔をする」

長尾は嵯峨の反応を熱い目で見守りながら、さらけ出された弱い部分に突き立てるように集中的に腰を使ってきた。

「ちが、……ぁ、…っは、ンン！」

感じすぎて、中にぎゅうっと力がこめずにはいられない。

まとわりつく粘膜に擦りつけるように動かされて急速に熱がせり上がり、何も考えられないほど喘がされた後で身体の奥で何かが大きく弾けた。

「ぁ……ッン、ぁああ……っ！」

自分が痙攣しながら、激しく射精しているのがわかる。なのに、長尾は打ちつける動きを止めてくれない。

「っく……っ、ぁ…ぁ…っ」

だが、嵯峨はうめくばかりで、やめろという言葉をまともに綴《つづ》ることさえできなかった。

それでも長尾がイきそうになっているのが、性急な動きでわかる。ひくつく身体の奥に勢いよく押しこまれ、内臓を深くまで掻き回す動きに一切の容赦が感じられなかった。

中で動かされるたびにイったばかりの敏感すぎるところが、むごいほどひどく抉りたてられ、嵯峨の腰がビクンと跳ね上がる。ずっと終わりなくイっているような絶頂感から、逃げることができない。

「っは、……ッン、ン……っ」

視界が涙で歪み、どれだけ自分がだらしない表情をしているのかもわからなかった。

質量のある大きなものが自分の体内を行き来する感覚に、絶頂にさらされ続ける。

「あ」

またビクンと腰が跳ね上がって首を振ると、長尾が嵯峨の身体を強く抱きかかえた。尖りきった乳首を両手で摘《つま》みとるのと同時に、とどめを刺すような最後の動きに移る。

それでもすぐには終わらせるようなことはなく、嵯峨は口を閉じることさえできずに揺らされ続けた。

リズミカルに抜き差しを繰り返され、腿が痙攣してくると、今度は深い動きを嫌というほど味わわされる。

「ッン」

乳首をつまんだ指を擦りつけるように動かされ、新たに少量の精液が漏れる。なのに、長尾の動きは止まらない。

濡れた目で見上げると、長尾が腰を振り立てながら、嵯峨を熱い目で見下ろしているのがわかった。

「早く、……イけ……っ」

「ごめん、。……イきたい……んだけど、……勿体《もったい》なくて」

自分の乱れきった姿に興奮していることが嫌というほど伝わってきて、嵯峨の身体にも熱が走った。

「っぁ！」

声を漏らすのと同時に、再び長尾のものが感じるところを嫌というほど抉りあげ、目の前が白銀に染まった。絶頂を越えた絶頂感に腰が勝手にせり上がり、ガクガクと激しく打ち振られた。

「ぁ、……っぁ、あ……っ」

長尾に全身で抱きすくめられ、舌をからめられながら、嵯峨は全てを押し流す快感に呑みこまれていった。

ソファにもたれるような形でうとうとと眠りこんでいた長尾は、ふと物音に気づいて目を覚ました。見慣れない室内の様子に、すぐには自分がどこにいるのかわからなくなって周囲を見回す。

だが、濡れ髪の嵯峨が肩にタオルを引っかけて現れたことで、ここは嵯峨の新しい事務所だと思い出した。

どこか気だるさを漂わせた嵯峨は、向かいのソファにどっかりと腰掛けながら、長尾に向けて顎をしゃくる。

「そういや、昼から来客が来る予定だったのを忘れてた。奥にシャワーがあるから、浴びてこい」

「え？　ああ」

言われて、長尾はあわてて壁の時計を見上げる。まだ昼までには時間があったが、嵯峨がカタギとして再出発することになったオフィスで、昼間っから淫らな行為に及んでしまったことに罪悪感を覚えて起き上がる。

シャワールームに向かおうとしたが、ふと気になって簡易キッチンに入りこみ、そこにあった雑巾《ぞうきん》を見つけて引き返した。それを持って、汚してしまった机の上と周辺を綺麗に拭《ふ》き掃除をする。来客が来るというからには、このままにしてはおけない。

嵯峨は濡れ髪をタオルで拭いながら、無表情でそれを観察していた。

セックスの後の嵯峨は、いつも非常に気だるそうだ。ひどくしてしまった後には、腰をかばうようにしていることすらある。そのくせ、弱みを見せたくないのか何でもないふりをするのだから、そんなところが可愛くてならない。

一通りの後始末を済ませてから、長尾がシャワーを浴びて再び部屋に戻ってきたときには、嵯峨はソファから机に移動して着替えていた。

椅子に座る嵯峨は、八重垣組にやってきたときの極道スーツから、すっかりカタギっぽいスーツ姿に着替えていた。

──それに、眼鏡……！

嵯峨のその姿に、長尾は釘付《くぎづ》けになる。

再会した当初も、こんなふうだった。髪は綺麗に撫《な》でつけられ、メタルフレームのインテリっぽい眼鏡をかけている。

そんな姿になると嵯峨のもともとの端整な顔立ちが一段と映え、見とれてしまうほどにハンサムだった。

──惚れ直しそうだ。

視線を外せなくなった長尾の態度が気になったのか、嵯峨はガンでもつけるように威圧してきた。

「何だ？」

「──いや。……すっごい好みだと思って」

正直に漏らすと、嵯峨は回転椅子の背にもたれかかる。

「好みだと？」

面白くなさそうにフンと鼻で笑ったが、その後はどこかニヤついて上機嫌になったように感じられる。

——意外と、表情豊かだよな。

そんな嵯峨が、長尾には途轍《とてつ》もなく可愛く思えた。

嵯峨とのこんな暮らしが、ずっと続けばいい。嵯峨が平穏を望んでくれるかぎり、そばにいられる気がした。

「ああ。すっごい好みだ。いつもの嵯峨もいいけど、こっちの嵯峨もすごくいい」

愛おしさに息が詰まるような感覚を抱きながら、長尾は臆面《おくめん》もなくそう言う。嵯峨相手には、どんなセリフでも言える。何故《なぜ》なら、それは全て本心からだからだ。

愛しさを押さえきれず椅子の後ろに回りこみ、背もたれごと嵯峨の身体を抱きしめた。

嵯峨が一瞬だけ驚いたように身体を硬直させたが、おとなしく身をゆだねる。それから、ふと思い出したように言ってきた。

「またあの店に、メシ食いにいかないか」

「いいよ。何のお祝い？」

ここの開業記念だろうか。

そんなふうに考えた長尾に、嵯峨は呆《あき》れた顔で振り返った。

「てめえの誕生日祝い。明後日《あさって》だろ？」

嵯峨のことしか考えられずにいたが、そういえば自分の誕生日はもうじきだ。そのことを嵯峨が覚えてくれていたことに、長尾は限りない幸せを覚えた。

「そうだった。すっかり忘れてた」

長尾はくすぐったさに笑ってしまう。

――嵯峨が、覚えててくれるなんて。

正反対に思えた二人だが、揃って自分の誕生日を忘れているなんて似ているところもあるのかもしれない。

窓から、明るい光が降り注ぐ。

おそらくやってくるのは、さくら先生なのだろう。

あとがき

このたびは『千両箱で眠る君』を手にとっていただいて、ありがとうございます。

千両箱です……！　私、小銭が好きな受とか攻とか昔からめっちゃ好きで、つまりは守銭奴キャラ好きなのです。守銭奴キャラの、こう、ひねくれた感じが？　お金しか信じていない感じがめっちゃ好きで、小銭小銭ハァハァってしてたんですが、とあるときに『千両箱』という萌えすぎるアイテムが、この世にあることに開眼しましたよ……！

こ、これからは千両箱です……！　千両箱好きすぎて、その中で受が眠っていたら、たまらなくかわゆいと、萌えて萌えてどうしようもなくなりました。でも、普通のサイズの千両箱だと受が入ることができないから特注の千両箱で、そんな千両箱に入った受があるとき道に落ちていたら、むっちゃ可愛くない？　それを攻に拾われちゃうの、っていうところから思いついたお話を、小銭が特に好きではない皆様用に、アレンジしたのがこの話です……！

あらためて振り返ってみれば、原形がない？　と思われるかもしれないのですが、私の中では十分につながっているので大丈夫です。

千両箱で眠る受……！　なんてかわゆらしい……。

ということで、一般的な「かわゆらしい」というイメージからは大変遠いところにいる、乱暴者で俺様の嵯峨《さが》が今回の受です。ひねくれて誰のことも信じずに暮らしていたのに、ふとしたきっかけで、超平凡な公務員の攻と再会して、愛が始まるのです……。オラオラで強い受、というのがとっても好きなので、攻の見せ場を作るのに苦労しました。そんな嵯峨を悩ませるほどの当て馬ヤクザもめっちゃ強いはずなのに、受にやられっぱなしになっちゃって。担当さんに「八重垣《やえがき》、弱すぎませんか」って言われて、気持ち強くしたよ！　受は強くて凛々しくて美しいのがいいですね。攻も平凡ながら、誠実にがんばれよ……。

というお話に、ものすごく素敵なイラストをつけて下さった周防佑未《すおうゆうみ》様。雑誌掲載時のラフを見せていただいたときから、もうその素敵さにときめきがとまりません。特に嵯峨のインテリっぽい悪いところが、……たまらないです……。本当にありがとうございました……！　嵯峨の眼鏡眼鏡……っ。

そして、いろいろご意見ご助言いただいた、担当様。いつもありがとうございます。

何より、これを読んでいただいた皆様に、心よりのお礼を。よろしければ、ご意見ご感想など、お気軽にお寄せください。

ありがとうございました。

初出

千両箱で眠る君	2011年 小説リンクス12月号掲載
平凡すぎる俺だけど	書き下ろし

この本を読んでの
ご意見・ご感想を
お寄せ下さい。

〒151-0051
東京都渋谷区千駄ヶ谷4-9-7
(株)幻冬舎コミックス　リンクス編集部
「バーバラ片桐《かたぎり》先生」係／「周防佑未《すおうゆうみ》先生」係

リンクス ロマンス

千両箱で眠る君

2013年7月31日　第1刷発行

著者……………バーバラ片桐《かたぎり》
発行人…………伊藤嘉彦
発行元…………株式会社　幻冬舎コミックス
〒151-0051　東京都渋谷区千駄ヶ谷4-9-7
TEL 03-5411-6431（編集）
発売元…………株式会社　幻冬舎
〒151-0051　東京都渋谷区千駄ヶ谷4-9-7
TEL 03-5411-6222（営業）
振替00120-8-767643
印刷・製本所…共同印刷株式会社
検印廃止

ISBN978-4-344-82878-0 C0293
Printed in Japan

幻冬舎コミックスホームページ　http://www.gentosha-comics.net